文
景
———
Horizon

社 科 新 知　文 艺 新 潮

狱中家书

[俄]陀思妥耶夫斯基／著

刁绍华／译

上海人民出版社

"白夜丛书"总序

白夜是一种自然现象，在北纬48度以北地区都能看到，它能唤起好奇，甚或引人神往，其原因就在于夜与昼的混淆和颠倒，就在于反常的黑白转换和明暗对比。文学与现实的关系也往往如此，现实如昼，文学如夜，如白夜，也表现为对现实的戏仿和颠覆，并因此构成某种反常和诱惑。

提到白夜，人们最常想到的城市可能就是彼得堡，其实，彼得堡只是世界上靠近北极圈的数十座城市中的一座，它与白夜密切相关，在很大程度上就是由于陀思妥耶夫斯基的小说《白夜》。《白夜》中浪漫而又神秘的城市场景与纯真而又哀婉的爱情故事相互结合，使彼得堡的白夜从此成了俄罗斯文学的诸多时空体和象征物之一。

"白夜丛书"的译介范围是广义的俄罗斯白银时代文学。所谓"白银时代"是相对于 19 世纪从普希金到托尔斯泰的俄国文学的"黄金时代"而言的。关于"白银时代"这一概念的来历，有人认为源于马科夫斯基的回忆录《"白银时代"的帕尔那索斯山上》（1962），马科夫斯基本人在此书中则称，是别尔嘉耶夫率先提出了这一概念。后有研究者发现，早在 1933 年，诗人尼古拉·奥楚普就在巴黎俄侨杂志《数目》上发表过一篇题为《俄国诗歌的白银时代》的文章。至于白银时代的起始，学者们一般公认为俄国象征诗派出现之时，其标志即 1893 年梅列日科夫斯基发表的《论当代俄国文学衰落之原因及其诸新流派》一文，以及 1894 年勃留索夫编成的辑刊《俄国象征派》；关于白银时代的终结，人们却看法不一，或认为是十月革命爆发的 1917 年，或认为是白银时代诗人和作家大规模流亡的 1920 年代，甚至认为是在马雅可夫斯基自杀的 1930 年。在我们看来，1890 年代至 1930 年代的俄罗斯文学就构成广义的白银时代文学，这一时期的文学名作都将成为我们这套丛书的选择对象。

中国读书界对白银时代早已不感觉陌生，1990 年代末，有多套译介白银时代文学的汉译丛书几乎同时面世，如云南人民出版社的"白银时代文化丛书"、作家出版社的"白银时代丛书"和学林出版社的"白银时代俄国文丛"等，使得汉语读者在很短的时间内便得以一窥白银时代文学的全貌。之后，这一时期的俄罗斯文学作品也源源不断地被译成汉语，俄罗斯白银时代文学于是成为中国读书界一个常读常新的对象。"白夜丛书"作为一套译介俄罗斯白银时代文学的最新译丛，将在之前的译作中寻找原作和译作俱佳的作品，经进一步润色后推出，与此同时，我们还将在白银时代文学这座富矿中新选一些过去没有被关注到的作品，出版新译。无论旧译还是新选，我们在选择时大致会遵循如下几个标准：

首先是作品所具有的现代性。白银时代主要是一个现代主义的文学时代，象征派、阿克梅派和未来派等现代主义诗歌运动相继兴起，不仅颠覆了以普希金等为代表的俄国黄金时代的诗歌传统，也对以托尔斯泰等为代表的俄国现实主义文学传统构成颠覆。这一时期俄国诗人和作家的创作与在同一时期兴起的俄国形式主义理论构成呼应，文学的"内部规律"从此开始得到重视，较之于"写什么"，"怎么写"也显得同样重要，甚至更为重要。白银时代文学作品的陌生化效果不仅具有对于俄罗斯文学而言的转折意义，而且也在很大程度上决定了20世纪西方文学的现代主义走向。

其次是作品所体现的艺术精神。在白银时代，一群俄国文学艺术家把他们创办的一份刊物命名为《艺术世界》（1898—1904），他们以此宣告人类的生活从此将进入一个新时代，即在中世纪的"神的世界"和文艺复兴的"人的世界"之后的第三个世界，即"艺术的世界"。艺术即别雷所言的"创造生活"，即创造一种新的、更理想的现实。这种具有审美乌托邦性质的艺术精神贯穿着白银时代的始终，串联起文学艺术的各个门类，并深刻地渗透进社会生活的方方面面。文学与艺术、文学与生活的密切关联，甚至相互转化，成为这一时期俄罗斯文化的突出特征之一，白银时代因此也被称为"俄罗斯的文艺复兴"。

最后是作品所包含的思想史和文化史价值。"白银时代"这一概念的内涵是不断扩展的，逐渐获得三个层面的语义域，即诗歌、文学和文化。它最初仅指几个相继出现的现代主义诗歌流派，然后指同一时期各种体裁的文学和艺术之总和，最后则被用来涵盖整个时代的文化。在白银时代，俄罗斯的文学和艺术与思想和宗教等方面密切关联，形成积极的互动关系，现代主义诗歌、先锋派文化和宗教、哲学相互纠缠，共同组成一个声势浩大、极富张力的文化运动，这一时期的文学因此也具有了思想史和文化史意义，这就使得我们在译介和阅读这一时期的文学时可以并重具有思想史意义的文学作品和具有文学价值的思想著作。

白夜是不眠之夜，或是因为光线太强而难以入睡，或是因为景色太美而不忍入睡，但愿我们这套"白夜丛书"也能为成为一束束夜晚的光，陪伴大家度过一个个阅读的白夜。

刘文飞

2023 年 10 月 5 日

于京西近山居

目　录

译者序："人的一切痛苦的记忆"

费奥多尔·米哈伊洛维奇·陀思妥耶夫斯基（1821—1881）被称作"残酷的天才"，高尔基认为他的创作体现了"关于人的一切痛苦的记忆"，就其才华和艺术表现力来说，堪与莎士比亚等艺术大师相媲美。

这位俄国作家生在莫斯科一个医生家庭，1838 年入彼得堡工程学校，1846 年发表长篇小说《穷人》，成为"自然派"的骨干。1849 年，因参加彼得拉舍夫斯基小组而被沙俄当局逮捕，同年被判处死刑，临刑时改判为四年苦役，然后充军。他在狱中和兵营里度过十年的艰难岁月，1859 年 12 月返回彼得堡，相继发表《死屋手记》（1860—1861）、《被侮辱和被损害的》（1861）等作品。60 年代中期，他开始步入世界长篇小说大家的行列，先后写成五部长篇小说：《罪与罚》（1866）、《白痴》（1868）、《群鬼》（1871—1872）、《少年》（1875）和《卡拉马佐夫兄弟》（1879—1880）。

陀思妥耶夫斯基是作为小说家而载入世界文学史册的，同时也是一位杰出的散文大师。他的长篇报告文学《死屋手记》（1860—1861）和旅行记《冬天记的夏天印象》（1863）早已译成中文，为我国读者所熟知。陀思妥耶夫斯基还写了大量篇幅较短的散文作品，内容丰富，体裁多样，这也是他的文学遗产的重要组成部分，不仅直接反映了作家本人的人生道路和思想发展变化的轨迹，而且具有更加广泛的思想艺术价值。

陀思妥耶夫斯基一生命运坎坷，前后期的思想差异很大，充满尖锐的矛盾，但始终贯穿着强烈的人道主义精神、对人类美好前途的热烈追求。本书所选的各篇，不管涉及什么具体事件，不管表达什么样的具体见解，全都渗透着作者对当时开罪现实的痛心疾首和对祖国、对人民以及全人类未来命运的不安，证明了高尔基所阐明的陀氏著作体现了"关于人的一切痛苦的记忆"这一特点。

《彼得堡纪事》是陀思妥耶夫斯基的早期作品，最早于1847年4月27日、5月11日、6月1日和15日在《圣彼得堡新闻》上连载。这是一组小品文，但融合了当年"自然派"常用的"风貌特写"和政论文的体裁特点，以幽默诙谐的笔法，描写了当时彼得堡五光十色的生活场景，讽刺了诸多的社会丑态，同时也批判了一系列有害的思想倾向。其中第四篇所描绘的"幻想家"形象成了作者同一时期所写的《二重人格》（1846）、《女房东》（1847）、《白夜》（1848）等小说的中心人物。

陀思妥耶夫斯基青年时期信仰空想社会主义，并参加彼得拉舍夫斯基小组的活动。1849年4月23日凌晨被沙俄当局逮捕，在彼得堡的彼得保罗要塞中关押到年底，12月22日被判处死刑，并被押赴谢苗诺夫校场处决，但临刑时突然改判为服苦役四年，然后充军。他在狱中写给哥哥和弟弟的信保存下来五封。这些家书在一定程度上反映了他的狱中生活，特别是最后一封，写于1849年12月22日从刑场押回监狱之后，反映了他处在死亡边缘时的心理状态，与他后来在长篇小说《白痴》（1868）中对死囚临刑时恐怖心态的描写同样震撼人心。1850年1月23日至1854年1月23日，陀思妥耶夫斯基在鄂木斯克苦役监狱度过整整四年的艰难岁月，他出狱后立即给哥哥写了一封长信，记述了狱中骇人听闻的生活状况。这封信成了他的《死屋手记》的思想基础。我们选译上述六封信，因其内容一致而加上一个统一的标题："狱中家书"。

19世纪60年代前半期，俄国社会思想异常活跃，各派政治力量围绕着俄国未来发展道路问题展开激烈论战。陀思妥耶夫斯基与他哥哥米·米·陀思妥耶夫斯基先后创办《当代》（1861—1863）和《时代》（1864—1865）两种杂志，直接参加这场论战，发表许多政论和文学评论文章。他既反对贵族自由派，也不赞成革命民主派，而采取非常独特的立场。他这时放弃了青年时代信奉的空想社会主义，提出所谓"土壤论"，认为俄国知识界脱离了人民的"基础"，为了填平与人民之间的鸿沟，必须把立足点移到人民的"土壤"上来，亦即接受人民的宗教信仰和忍耐驯服精神，主张与现实和解。《〈当代〉杂志征求1861年度订户启事》实际上是这个杂志的纲领，简明扼要地体现了作者所宣传的"土壤论"思想。

1873年至1874年初，陀思妥耶夫斯基主编《公民》杂志，为自己开辟一个名为《作家日记》的专栏。后来，《作家日记》成为一份独立的杂志，1876年和1877年由作者本人按月单独出版，1880年和1881年又各出版一期。《作家日记》作为一份杂志，由陀思妥耶夫斯基自编自写，在他的创作中占有特殊的地位，不仅发表中短篇小说，而且刊载政论、文论、特写和回忆录等，对当时社会生活中的重大事件、思想动向、文学问题等都及时地做出回应，直接表述自己的观点见解。我们从1876年的《作家日记》中选译了十一篇。

《农夫玛列伊》是一篇回忆录，分为两个层次，实际上是回忆中的回忆：作者回忆当年在鄂木斯克监狱中的生活，而在这回忆中又加进当时对自己童年时期一件小事的回忆，在鲜明的对比中表现了作者对人民群众新的认识。

《百岁老妇》是一篇特写，仅仅通过两个生活场景便勾画出当年大城市底层群众的日常生活及其精神世界，与作者小说中常见的"小人物"题材相呼应。

陀思妥耶夫斯基的政论文一般短小精悍，题材多样，往往从一件小事入手，借题发挥，开掘出有关国家民族发展和人类历史命运等的重大问题。关于乔治·桑的两篇短文借悼念这位法国女作家逝世之机，分析了空想社会主义思想产生的社会历史条件及其在俄国的影响。

《在矿泉区什么东西最有用：矿泉水还是风度？》《一个受到当代妇女青睐的人物》《生孩子的秘密》和《土地与孩子》四篇在写法上有一个共同点，都采用"对话体"，贯穿一个"奇谈怪论者"的形象；他的种种"奇谈怪论"有时以夸张怪诞的形式道出了许多生活现象的本质，这个形象有时又是作者的"代言人"，揭露了欧洲资产阶级的腐化堕落，同时也暴露了俄国民粹派的空想。

1880年6月6日，莫斯科举行普希金纪念碑落成典礼，相继又举行了其他一些纪念诗人的活动。当天晚上，陀思妥耶夫斯基在文学晚会上朗读了普希金的历史悲剧《鲍里斯·戈都诺夫》的片段。6月8日，他在俄国文学爱好者协会的集会上做了题为《普希金（概论）》的讲演，讲演稿于6月13日在《莫斯科新闻》上首次发表，同年又在《作家日记》8月号上刊载。这篇讲演并不完全是文学论文，还提出了俄国社会发展的许多重大问题，被看成是陀思妥耶夫斯基的思想遗嘱。作者分析普希金的创作意义时，把奥涅金的形象与俄国贵族知识界的状况和历史命运联系在一起，认为其悲剧之根源在于脱离人民。他在论述达吉雅娜的形象时，则宣传了他个人关于"忍耐顺从"的思想。

本书各篇皆按写作时间顺序编排，正文中的注释除特殊注明外，皆为译者所加。

1996 年 1 月于哈尔滨

彼得堡纪事

4 月 27 日

不久以前我还不能想象彼得堡居民是别的样子，认为他只能身穿睡衣，头戴睡帽，关在封得严严实实的房间里，每隔两个小时服用两匙药剂，严格准时。当然，并非人人都患病。有些人因职务的关系是被禁止患病的。另一些人受到天生的强壮体魄所保护。但是太阳终于光辉灿烂了，于是这个新闻无可争议地胜过任何别的新闻。处于康复之中的人动摇了；犹犹豫豫地摘下睡帽，在左思右想之中整理着外表的装束，终于同意出去走走，当然是全副武装，穿上毛衣，捂上皮大衣，罩上套鞋。温暖的空气、路上行人的悠闲、马车在裸露着的石头马路上震耳欲聋的轰隆声让他又惊又喜。这名康复者在涅瓦大街上终于吞食着新的灰尘！他的心开始剧烈地跳动，他的嘴唇本来是紧闭着，露出疑惑和不信任的样子，这下子被某种类似微笑的东西所扭曲了。在泥泞的洪水期和潮湿的空气过后，彼得堡首次出现的灰尘并不逊色于古老故乡的香甜的炊烟，于是疑虑的表情从散步者的脸上消失了，他终于决定享受一下春天的气息。凡是决定享受春天气息的彼得堡居民，身上都有一种憨厚天真的东西，不可能分散他的喜悦心情。他甚至和友人相遇时竟然忘记了自己那个随时都不能忘怀的问题：有什么新闻？取而代之的是另一个更加有趣的问题：天气如何？众所周知，在彼得堡，特别是坏天气过去之后，最令人不快的问题就是——有什么新闻？我时常注意到，两个彼得堡的朋友相遇时，彼此问候，必定异口同声地问道——有什么新闻？——无论谈话是用什么样的语调开始的，在他们谈话的声音里总会听到一种刺耳的沮丧语气。的确，彼得堡的这个问题笼罩上了完全绝望的阴影。但最带有侮辱性的却在于，这样发问的人往往是土生土长的彼得堡人，他明明知道这里的习俗，事先知道什么都不会回答他，没有任何新闻，他提出这个问题接近或者已经多于一千次了，每一次都一无所获，并且因此而心安理得了——可是他仍然发问，仿佛是有兴趣，仿佛是某种礼节迫使他也参与到社会中来并且具有公众的兴趣。然而，公众的兴趣……我们具有公众的兴趣，我们对此不想争论。我们全都热爱祖国，热爱自己的故乡彼得堡，有时遇到机会喜欢玩玩：总之一句话，具有很多公众兴趣。可是我们这里更广泛流行的却是各种小组。甚至众所周知，整个彼得堡不是别的，是无数各类小组的汇总，每个小组都有自己的章程、自己的规矩、自己的制度和自己的神谕。从某种意义来说，这是我们民族性格的杰作，我们这个民族本来不好意思过社会生活，只把眼睛盯在家里。况且为了过社会生活，需要艺术，需要准备许多条件——一句话，还是待在家里为好。在家里比较自由，不需要艺术，比较安静。而在小组里，人们热烈地回答您的问题——有什么新闻？这个问题很快就获得了私人的性质，回答您时或是用小道消息，或是用打哈欠，或是用这样一种方式，您本人因此也就顾不得羞耻，而习惯地跟着打起哈欠来。本来在小组里可以安安静静地和甜甜蜜蜜地度过自己有益的一生，打打哈欠，听听小道消息，直至流行性感冒或潮湿性热病造访您的家庭，那时您就恬淡而坚决地和它告别，并且感到很幸福，因为您完全不了解迄今为止您都做了些什么以及为什么而做了这一切。在一个凄风苦雨、阴云满天的日子里，您在黄昏的黑暗中命赴黄泉，完全不明白这一切究竟是怎么形成的，生活了一辈子（好像是生活了），取得了某些成绩，可是如今不知为什么一定得离开这个令人愉快的和安静的人世，移居到另一个更好的世界去。而在另外一些小组里则激烈地议论着正经事；几个有教养的忠诚可靠的人兴致勃勃地集聚在一起，毫不可惜地摈弃了无伤大雅的乐趣，诸如传播小道消息和玩朴烈费兰斯纸牌（不言而喻，不是在文学小组里），怀着一种莫名其妙的兴趣，议论各种重要的事情。议论一阵，解决了某些普遍有益的问题，人人都心悦诚服，整个小组激动起来，最后又令人不愉快地松懈涣散了。终于相互间发起火来，说一些尖刻的言论，一些人暴露出激烈而豪放的性格——最后的结局却是涣然冰释，安静下来，因袭了日常生活的理性，逐渐地偏离了原有的宗旨，而向上述第一类小组的方向靠拢。诚然，这样生活也很愉快；可是最终还是令人沮丧，懊恼。就拿我来说吧，对我们那个因循守旧的小组所以感到沮丧，是因为这里经常有一位让人难以忍受的先生显得与众不同。诸君都非常了解该类先生这种人数不胜数。这位先生具有一颗善良的心，除了善良的心之外，则一无所有。在我们这个时代具有一颗善良的心——好像是咄咄怪事！好像是应该具有一颗永恒不变的善良的心！这位具有这种优秀品质的先生，来到人世完全相信他那颗善良的心足以使他永远心满意足和无限幸福。他对成功满怀信心，在为人生道路进行储备时忽视了别的手段。譬如说，他在任何方面都不知约束并失去节制。他做一切事情都尽情尽兴，坦率开诚。

此人有一种异乎寻常的爱好——会突然喜欢上什么人，准备跟他结为至交，并且完全相信，所有的人也都会立刻喜欢上他，只是由于一个事实，就是他喜欢所有的人。他那颗善良的心就连做梦也没想到，仅仅是热烈喜爱还远远不够，还需要掌握一种艺术，让人家喜欢你，没有这一点，全都白费，没有这一点，在生活中就行不通，无论是他那颗爱人之心，还是他天真地选作自己无节制的眷恋的对象，都是如此。如果此人找到一个朋友，那么他的这个朋友就会马上变成家具，变成某种类似痰盂的东西。正如果戈理所说的，一切的一切，不管内里是什么样的破烂货[1]，一切都从嘴里飞向友人的心。这个朋友应该洗耳恭听，并且对一切都得表示同感。这位先生不管是在生活中受骗上当，是被其情妇所骗，还是赌牌输了，他都马上像只狗熊似的，大耍活宝，不请自来，

---

[1] 引自果戈理的《与友人通讯荟萃》。——中译注，下同

向朋友的心灵大献殷勤，把自己全部鸡毛蒜皮的琐事都无节制地向他倾诉，常常根本没有注意到朋友因其个人的操心事正在大伤脑筋，没有注意到他死了孩子，或是妻子发生了不幸，最后，这位先生本人虽然怀着一颗爱心，却也像是洋姜一样，让自己的朋友讨厌了，人们终于以最委婉的方式向他暗示说，天气真好，应该马上抓紧时间单独一个人散散步。他如果爱上一个女人，就会由于自己这种天生的性格而伤害她一千次，直至在自己那颗爱心中发现这一点为止；直至他发现（如果他有能力发现）这个女人由于他的爱情而备受折磨，她厌恶，讨厌跟他在一起，他由于自己那颗爱心具有穆罗姆[1]人的志趣而败坏了她的整个生活。是的！只有独处一隅，更多的是在小组里，才能产生大自然的这种杰作——我们标准的原始素材，如美国人所说的，丝毫不适合于艺术加工，一切都是自然本性的，一切都是纯天然的，没有任何约束，没有任何节制。这种人毫不怀疑自己完全纯洁，忘记了生活——乃是一整套艺术，生活意味着把自己造就成一件艺术品；他那颗善良的心就是他的资本，但这只是一块矿石，只有在普遍

---

[1] 穆罗姆，俄罗斯中部城市。

的利益下，在对社会公众及其直接需求的同情中，才能够琢磨成宝石，才能够加工成真正的闪光的钻石，而在昏睡中，在离群索居中，在冷漠中，只能使群众变成一盘散沙，照旧是块粗糙的顽石！

我的主哇！古老传奇剧和小说中的古代恶人都到哪里去了，先生们？他们要是还活在世上，那该有多么让人愉快！之所以让人愉快，是因为现在在你的身边就有好人，他维护无辜，惩处邪恶。这种恶人，这种不情愿的暴虐者一生下来就是个恶人，由于命运某种秘密的完全无法解释的预先安排，在各个方面都已准备好了。他身上的一切都体现着邪恶。他早在娘肚子里就已是个恶人；不止于此，他的祖先也许是预见到了他的出世，故意选择了完全符合自己后代的社会地位的姓氏。您只根据这个姓氏就能听出来，此人随身携带一把刀，随时杀人，无缘无故，甚至不是为了抢劫一个铜板而杀人，上帝知道是为了什么。他好像是一架杀人放火的机器。这很好！起码是可以理解的！如今唯有上帝才知道著作家们说些什么。如今突然间出现这样一种情况，一个最善良的人，没说的，本来最不善于作恶，可是突然间变成了彻头彻尾的恶人，他本人还没有察觉到这一点。并且最让人懊丧的是没有人察觉，没有人向他讲这一点，你看，他活的时间很久，受人尊敬，最后在一片赞颂声中荣耀地魂归西天，令人羡慕不已，常常是受到真挚而悲痛的哀悼，但最可笑的却是哀悼他的竟然都是他的受害者。尽管如此，世上有时难免有许多合乎理性的事，你简直就弄不明白：我们中间怎能容纳这类事情？在空闲的时刻，有多少这种事为幸运的人而发生！譬如说吧，前几天就发生一件事：我的一个熟人，也是我以前的关怀者，甚至可以说是我的监护人，他叫尤里安·玛斯塔科维奇，打算结婚。说实在的，这种年龄已经进入理性的时期，结婚可是件不容易的事。他还没有结婚，离婚礼还有三个星期；但他每天晚上都穿上白色背心，戴上假发和所有的勋章，买上一束鲜花和一包糖果，前去给自己的未婚妻格拉菲拉·彼得罗芙娜献殷勤，她是个十七岁的少女，纯洁无瑕，完全不知道什么是邪恶。只消想到这后一种情况，尤里安·玛斯塔科维奇那双甜蜜的嘴唇上便堆满层层的笑容。不对，即使是在这种年龄结婚也是愉快的！我觉得，说实话，青年时期，也就是三十五岁以前这么做未免有失体统。那是麻雀的情欲！可是这个时候，亦即年近五十——已经不再心猿意马，具有了体面的风度，身体发胖，道德上也已圆滑——那就非常好，不能再好了！多么美好的想法呀！人活了许多年头，终于获得了成功……

因此我完全莫名其妙，为什么尤里安·玛斯塔科维奇这些天来一到晚上便在自己的办公室里走来走去，背着双手，脸上露出晦暗的和不太受看的酸溜溜的表情，这时办公室的一角坐着一个官吏，正在处理一项重要而又紧急的事务，如果他的性格是平淡乏味的，那么他由于自己长官的目光而不可避免地也会立刻变成酸溜溜的。我只是现在才明白这是怎么回事。我甚至不愿意讲；这种毫无意义的荒唐情况，思想高尚的人根本不会考虑。豌豆大街临街的四层楼上有一套住宅。我以前曾经想要租用。这套住宅现在被一名陪审员夫人租下，也就是说，她曾经是陪审员夫人，而如今已经守寡，但还年轻漂亮，长相非常招人喜欢。于是尤里安·玛斯塔科维奇一直十分苦恼，怎样才能做到结婚以后也能像从前一样，晚上到索菲娅·伊万诺芙娜家去（哪怕比以前少一些），跟她一起谈谈她的官司。索菲娅·伊万诺芙娜两年前就已经提出诉讼了，尤里安·玛斯塔科维奇有一颗善良的心，当了她的代理人。因此他那仪表堂堂的前额上出现了这么多的皱纹。不过他最终还是穿上白色背心，购买一束鲜花和一包糖果，精神愉快地到格拉菲拉·彼得罗芙娜家去了。"人常有这种福气，"我想起尤里安·玛斯塔科维奇时想道，"一个人在年近半百时找到一个完全能理解他的女友，一个十七岁的少女，纯洁无瑕，有教养，一个月以前刚从寄宿学校毕业。这个人将心满意足地过日子，生活富裕而幸福！"我不禁羡慕起来！那个时候天气阴晦，道路泥泞。我走在干草广场上。但我是小品文作者，先生们，我应该给你们讲讲最新的，最震撼人心的新闻——我不得不使用这个古老的冠冕堂皇的形容词，当初创造这个词时大概就是希望彼得堡的读者能够由于听到某个震撼人心的新闻而欣喜若狂，譬如像燕妮·林德[1]赴伦敦演出一类的新闻。可是燕妮·林德又关彼得堡的读者什么事！他自己就有许多这种新闻……但是并没有关于自己的新闻，先生们，绝对没有。我走在干草广场上，思考着写一篇这样的新闻。然而，我不禁忧愁起来。那是一个雾气沉沉的早晨。彼得堡气势汹汹，像是一个被激怒的上流社会小姐，对昨天晚上的舞会气愤得脸色发黄。彼得堡从头到脚都是气冲冲的。或许是没有睡好觉，昨天夜里胆汁溢出过多了，也许是得了风寒，患上了感冒，也许是昨天晚上像个孩子似的玩牌输了，早晨起来时发现钱袋空空如也，

---

[1] 燕妮·林德（1820—1887），瑞典女歌星，经常在欧洲巡回演出。

也许是在向娇生惯养的坏妻子、向又懒又愚笨的子女、向没有刮脸的一群仆人、向放债的犹太人、向恶棍般的顾问、向诽谤者以及其他各种进谗言的人大动肝火——究竟如何，难以说清；但大发脾气却是事实，看起来都让人难受，灰色的墙壁、大理石雕塑、浮雕、全身塑像、圆柱等，好像也都因为坏天气而生气，由于潮湿而颤抖得上牙对不上下牙，人行道上裸露着的花岗岩在行人的脚下仿佛是愤恨得迸裂了，过往行人面色苍白发青，死板板的，气哼哼的，其中大部分都把脸刮得很漂亮，很精心，急匆匆地南来北往，去履行自己的职务。整个彼得堡的面貌看起来酸溜溜的……彼得堡在生气。看得出，它像别的气呼呼的先生在这种情况下一样，非常想要把自己的全部怒气都集中发泄到某个突然出现的第三者身上，跟什么人大吵大闹，跟他彻底闹翻，骂他个狗血喷头，然后自己逃离此处，说什么也不在印格尔曼季亚[1]这严峻的沼泽地里待下去了。甚至就连太阳也由于某种相反的必然原因而在夜间躲起来，但却停在半路上，怀着美好的爱，带着亲切的笑容，急于跟自己娇生惯养的病儿亲吻；莫名其妙地和遗憾地

---

[1] 涅瓦河流域和芬兰湾沿岸的古称。

看了这个怨气冲天、牢骚满腹的病弱孩子一眼，伤心地躲到铅灰色的云彩后面去了。只有一缕明亮而愉快的光辉，仿佛是在请求人的允许似的，从紫色的深渊里蹿出来片刻，在房顶上嬉戏，掠过阴暗潮湿的墙壁，在每一滴雨水里碎成上千个火花，然后仿佛是抱怨自己的孤独似的消失了，——就像偶然钻进怀疑主义的斯拉夫人灵魂里的兴奋心情一样，被看作羞耻而不能得到承认，于是又立即消失了。彼得堡马上笼罩在寂寞的昏暗之中。钟敲响了下午1点的报时声，城里的自鸣钟弄不明白，为什么要逼迫它在这种黑暗中报出白天的钟点。

这时，我遇到一支送葬的队伍，我作为小品文作者，立刻想起来，流行性感冒和热病——差不多就是彼得堡最现实的问题。这是一次很奢华的送葬。整个队伍的主人公规规矩矩地躺在富丽堂皇的棺材里，非常庄严，双脚朝向前方，往世上最舒适的住宅而去。一长列方济各派的托钵修士，穿着沉重的大皮靴，踩着云杉树枝，整条马路上弥漫着树脂的气味。一顶带着羽饰的帽子放在棺材上，像商标一样，向过往行人宣布，死者是个高官显宦。垫子上面挂满各种勋章。棺材旁，走着一位已经须发皆白的上校，只见他悲痛欲绝，放声恸哭，这可能是死者的姑爷，也可能是他的堂兄弟。一长排的马车上，像通常那样，一些送葬者绷得很紧的面孔不停地摇晃着，人们私下嘀咕着永不死亡的小道消息，戴着黑纱的孩子们欢快地笑着。我却感到烦闷而沮丧，我完全没有人可以责骂，带着责骂的神色，甚至深受委屈的表情，只见一匹四条腿的马无精打采，有气无力，老老实实地站在行列里，对我表现出可亲的样子，它从一旁的车上偷了最后一小束干草，早已嚼完，由于无事可干而决定显示一下自己的小聪明，也就是选择一名最严肃的和最忙的行人（它或许认为我就是这样的），轻轻地咬住他的衣领或者袖子，拽过去，然后若无其事地把那张毛茸茸的善良的脸向我伸过来，我吓得浑身一抖，从这早晨的痛苦思索中清醒过来。可怜的老马！我回到家中，打算写我的纪事，可是不知如何来写，于是翻开一本杂志，开始阅读一个中篇小说。

这部中篇小说[1]描写的是莫斯科中等阶层的一个愚昧家庭。小说也讲到爱情，但是我并不喜欢读爱情故事，先生们，不知你们如何。于是仿佛把我带回我的故乡莫斯科。给你们讲点儿什么新鲜事儿呢？说说涅瓦大街上兴盛起了新式公共马车，说说涅瓦河

---

[1] 指俄国作家彼·尼·库德里亚甫采夫（1816—1858）的中篇小说《斯鲍耶夫》，曾以笔名"A.涅斯特罗夫"刊载在1847年第3期的《祖国纪事》上。

把所有的人吸引了一个星期，说说人们在规定的日子里在沙龙里还继续打哈欠，焦急地等待着夏天的到来。讲讲这些吗？可是这早就让你们感到枯燥乏味了，先生们。你们刚刚读了对一个北方早晨的描写。不是吗，够烦人的吧？那就请你们在下雨的时候，在阴雨的早晨读读这个关于莫斯科的一个小家庭和打碎的家用镜子的故事吧。我好像是早在童年就见到过这个家庭的母亲，可怜的安娜·伊万诺芙娜，也熟悉伊万·基里洛维奇。伊万·基里洛维奇是个善良的人，只是在欢快的时刻里，微醉的时候，喜欢开各种玩笑。譬如说，他的妻子有病，一直怕死。可是他却当着外人的面嘲笑她，而在外边则开玩笑说，他一旦成为鳏夫，就要再娶一个。他的妻子强忍着，克制着自己，强作笑容地说，有什么法子呢，丈夫的性格就是这样的。譬如说，打碎一把茶壶；当然，又得花钱；可是丈夫却当着外人的面羞辱她，叱责她笨手笨脚，这毕竟叫她难看。谢肉节到了。伊万·基里洛维奇没有在家。晚上，大女儿奥莲卡的许多女友好像是偷偷地来这里聚会。也来了许多年轻的男人，还有一些活泼好动的孩子，还来了一个帕维尔·卢基奇，他不由得让人想起沃尔特·司各特的小说。这个帕维尔·卢基奇搅得人人不得安宁，出了个点子，要玩捉迷藏的游戏。病病歪歪的安娜·伊万诺芙娜好像是预感到了什么不幸，可是拗不过大家的希望，也就只好允许玩捉迷藏。啊，先生们，就跟十五年前我玩捉迷藏时一模一样！这算是什么游戏呀！还有这个帕维尔·卢基奇！怪不得奥莲卡的女友，黑眼睛的萨申卡紧贴着墙，小声嘀咕着，浑身哆嗦着，指望着不至于被抓住。帕维尔·卢基奇可真让人害怕，但他被蒙着眼睛。小一些的孩子躲到角落里，藏在椅子底下，在镜子旁发出声音；帕维尔·卢基奇朝着声音奔去，镜子一晃，从生锈的环扣上脱落下来，从他的头顶上飞向地板，摔得粉碎。唉，我读到此处，仿佛是我把镜子打碎了！仿佛是一切罪责全都在我身上。安娜·伊万诺芙娜脸色变得煞白，所有的人都张皇失措地逃走了。将会发生什么事？我焦急而惊恐地等待着伊万·基里洛维奇的归来。我在为安娜·伊万诺芙娜而提心吊胆。他终于在深更半夜时喝得醉醺醺地回来了。迎面向他走来一个心如蛇蝎的专门进谗言的老太婆，这是莫斯科一种古老的典型，她小声嘀咕了一阵，可能是讲了所发生的灾难。我的心怦怦地跳个不停，突然间暴雨倾盆，雷声大作，后来逐渐一点点儿平息下来；我听到了安娜·伊万诺芙娜的声音，将要发生什么事吗？过了三天，她卧床不起了，又过了一个月，她死于可怕的肺痨。怎么会是这样，由于打碎一面镜子？对这个默默无闻的温顺的女人一生最后时刻的描写洋溢着狄更斯式的美！

伊万·基里洛维奇也是个好人。他差一点儿没有发疯。他亲自跑药铺，跟医生争吵，一直哭泣，诉说着妻子抛下他而去了！这让我想起许多事。彼得堡也有很多这样的家庭。我自己就认识一名伊万·基里洛维奇。况且这种人处处都不少。我之所以讲起这部中篇小说，先生们，是因为我本人也打算给你们讲一个故事……不过还是等下一次再说吧。顺便谈谈文学。我们听说，许多人非常满意冬季的文学。没有大嚷大叫，也没有发生过特别热闹的事件，也没有进行过不可开交的争论，尽管出现了几家新的报纸和杂志。一切都比较严肃认真；各个方面都比较严谨和成熟，考虑周全，和谐一致。诚然，果戈理的书在冬初曾经引起轩然大波[1]。特别值得注意的是，所有的报刊尽管在方向上往往是彼此矛盾的，但几乎都异口同声地对它做出了反应。

对不起，我忘记了主要的。我在讲的时候一直都记得，可见

---

[1] 指果戈理的《与友人通讯荟萃》，出版于 1847 年 1 月，同年 7 月，别林斯基在《致果戈理的信》中对他进行了激烈批评。

结果还是把它给忘了。恩斯特[1]又要举行一次音乐会；收益将捐献给慰问穷人协会和德国慈善会。我们并不想说，音乐厅将座无虚席，我们对此深信不疑。

5 月 11 日

　　你们可知道，先生们，在我们辽阔的首都，一个人要是经常储备有尚不为人知的新闻，此外还具有一种才华，能生动有趣地讲述出来，这意味着什么呢？在我看来，他几乎就是个伟大的人物；毋庸争论，储备有新闻胜过拥有资本。某一个彼得堡人要是得悉一条少有的新闻，飞往各处去讲给人听，他事先便在精神上有一种快感；他说话的声音由于心满意足而减弱和颤抖；他的心仿佛是浸泡在玫瑰色的油脂里。他这时还没有宣布自己的新闻，还没有穿过涅瓦大街跑到自己的朋友那里去，他的各种不愉快就

---

[1]　海因里希·威廉·恩斯特（1812—1865），生于捷克的作曲家和小提琴演奏家。

会一扫而光；甚至（据观察）将治愈最难治的病症，甚至将愉快地跟医生告别。他特别温顺而又伟大。因为什么呢？因为彼得堡人在这庄严的时刻里将认识到他的全部优异之处、他的全部重要性，并且给他以公正的评价。不止于此，我，还有你们，先生们，我们或许是认识许多先生，假如不是在真正忙碌的情况下，绝不允许他们来做客，不让他们走进前厅，就连听差都不给他们见到。真是糟糕透顶！这位先生自己懂得，过错在他，他非常像是一条狗，夹起尾巴，耷拉着耳朵，等待着时机。突然时刻到来了；正是这位先生精神抖擞和志得意满地按了门铃，从容不迫地经过惊诧不已的听差身旁，容光焕发地把手伸给您，您立刻就会认识到，他完全有权这么做，因为他有新闻，或者说是小道消息，能给您带来愉快；否则这位先生是不能如此大摇大摆地到府上来的。于是您就可能不无愉快地洗耳恭听起来，尽管您也许完全不像那位令人尊敬的上流女士，她并不喜欢任何新闻，但却很愉快地听人讲逸闻趣事，譬如说某夫人软硬了些其他，却收扑丈夫之类。

小道消息是香甜的，先生们！我常常想：假如我们彼得堡出现一个天才，他能发现一种令人愉快的别的国家还不曾有过的社会生活——那么我简直就不知道，这种人会赚到多少钱。可是我们照旧靠着不太高明的打诨逗趣者、趋附逢迎的食客和小丑而勉强凑合。有大师！人的天性就是奇迹！一个人会突然间并非由于卑劣而竟然不再是人了，而成为一只小蠓虫，最普通的小蠓虫。他的脸变了，像是湿了，但又不是淋上了水，而是涂上一种特殊的发亮的色彩。他的身材突然变得矮小，跟我们无法相比。独立性完全消失了。他看着您的眼睛，既不想给什么，也不想要什么，像是一只期待着一小块食物的巴儿狗。况且，尽管他身上穿着极好的燕尾服，但是他却在大庭广众面前躺倒在地，高兴地摇着尾巴，哼哼唧唧地叫着，不听到"吃"这个词，他就不吃给他的那一小块食物，鄙视嗟来之食，最叫人可笑的和最叫人高兴的是，他丝毫都不丧失人格。他保持自己的尊严，神圣而不可侵犯，即使是按照您的信念，这一切也都是自然而然发生的。您当然是诚实的雷古卢斯[1]，最低限度是阿里斯提得斯[2]，总之，您可以为真理而死。您能看透小人。小人从自己的方面证明说，他性格坦诚；而事情进展非常顺利，您很满意，小人也不失其尊严。问题在于他夸奖你们，先生们。当面夸奖你们，这当然不好；这叫人懊恼，

---

[1] 雷古卢斯（公元前 3 世纪），罗马统帅，以忠诚著称。

[2] 阿里斯提得斯（公元前 5 世纪），雅典政治家和将军，以公正著称。

也很卑鄙；可是您最终会发现，一个人要是善于夸奖，他必定指出您本人在自己身上最喜欢的地方。因此，这需要智慧，需要策略，甚至需要感情，需要善于了解他人心理的能力；因为他在您身上所承认的甚至或许恰恰是社会所厌恶您的，当然这就是不公正的，是出于嫉妒。您最后会说，怎么能知道他不是谄媚者，只不过是过于天真和真诚罢了；况且初次见面，怎可轻易地否定一个人呢？——这种人可以获得他想要得到的一切，就像那个犹太人祈求老爷别购买他的货物一样，不要购买！为什么要购买呢？——只要老爷看一眼他的包裹，就会厌恶犹太人的货物，转身走掉。可是犹太人解开包裹，老爷竟然购买了犹太人想要推销的一切。而我们首都的人毕竟为人处事完全不卑劣。空话有什么用！根本不是渺小的灵魂——这是聪明的灵魂，可爱的灵魂，社会的灵魂，希望获取的灵魂，寻求的灵魂，高贵的，诚然，多少有些超前的灵魂，但毕竟是灵魂——我不好说，人人，或者大多数人都有这样的灵魂。也还因为这一切都很好，没有这种灵魂人人都得痛苦而死，或者相互残害。两面派，当面一套背后一套，戴上假面具——这是很恶劣的勾当，我同意，但是，如果现在人人都以其本来的面貌出现，真的，那就更糟了。

当我在彼得堡走近夏园，只见人们在涅瓦大街上竞相展示其新式春装之际，我的头脑里产生的正是这些有益的想法。

上帝呀！仅仅涅瓦大街上的相逢就足以写上一大本书。可是诸位根据个人的愉快经验对这一切都了如指掌，先生们，所以我觉得没有必要写这种书了。我产生了另一种想法：就是在彼得堡骇人听闻地挥霍浪费。有兴趣知道：在彼得堡什么都不匮乏的人，也就是说，非常富裕的人是否很多呢？不知道我说得是否正确，但我经常把彼得堡（如果允许比喻的话）想象为一个娇生惯养的最小的儿子，他那位值得尊敬的父亲大人是个老派人物，很富有而且慷慨大方，通情达理，心地善良。这位大人终于告老还乡了，住在乡下，心情愉快，在那偏僻的地方可以穿一身中国南京土布做的长袍而无伤大雅。但是儿子被送到人间去了，儿子应该学习各种科学，儿子应该成为一个欧化的年轻人，爸爸虽然只是听说过文明开化，却必定要求儿子成为最文明开化的年轻人。儿子马上进入上流社会，投入生活，购置了欧式服装，蓄起短髭和楔形胡须，爸爸完全没有注意到儿子当时在丰富自己的头脑，在积累经验，培养自己的独立性，他要独立自主地生活，二十岁时凭着经验所知道的事情甚至超过了父亲，父亲生活在祖传的习俗中，只知道自己的生活；他惊恐地看到楔形胡须，看到儿子大把大把地掏父母的钱袋，终于注意到儿子在精神上有些分裂教派的味道——他便嘀咕起来，发起火来，责骂文明开化和西方，而主要的，感到沮丧的是"儿子教训起老子来"。可是儿子需要生活，他办事总是急急忙忙，他这种年轻人的快速不免引人深思。当然，他花起钱来相当大手大脚。

譬如说眼下吧，冬季结束了，最低限度根据日历，彼得堡该是春天了。报纸上的专栏开始充斥着出国者的名字。您惊讶地发现彼得堡人的健康比其钱包更衰弱。我承认，当我把这两种衰弱进行比较时，不禁惊慌起来，我觉得自己不是身处首都，而是躺在医院里。可是我立刻又想，我的担心完全没有必要，住在外省的爸爸的钱袋还是鼓鼓的，满满的。

诸位将会看到，人们就要住进前所未见的富丽堂皇的别墅，在白桦树林中不可思议地展示其华丽的服装，人人都将心满意足和无限幸福。我甚至完全相信，就连穷人看到普遍的兴高采烈，也会立即变得心满意足和无限幸福。起码是分文不花，就可以看到在我们这个幅员辽阔的国家里，在任何一个城市花多少钱都看不到的景象。

顺便说说穷人。我们认为，各种可能的贫穷中，最令人厌恶的、最让人反感的、最不高尚的、低贱和肮脏的贫穷——莫过于上流社会的贫穷，尽管很少见。这种穷人挥霍掉最后一个铜板，但由于职务的关系，却乘坐马车各处兜风，把泥浆溅到靠着诚实劳动汗流满面地为自己挣得一块面包的行人身上，不管如何，都有系着白领带和戴着白手套的仆人侍候。这种穷人羞于乞讨，却不惜采用最卑鄙和最无耻的手段索取，并且绝不以此为耻。然而，关于这种肮脏的勾当已经谈够了！我们由衷地希望彼得堡人在别墅里能够心情愉快，少打一些哈欠。众所周知，打哈欠在彼得堡是一种疾病，如流行性感冒、痔疮、热病一样，目前无论采用何种疗法，甚至采用彼得堡最现代化的疗法，在很长时期内都无法治愈这种疾病。彼得堡人一起床就打哈欠，履行公务时打哈欠，就寝时打哈欠。但哈欠打得最多的要算是参加化装舞会和看歌剧的时候了。况且我们的歌剧都是最优秀的。杰出的歌唱家歌喉嘹亮而纯正，他们在我们辽阔的国家，从城镇到乡村已经开始引起愉快的反响。人人都知道彼得堡有歌剧，人人都很羡慕。然而，彼得堡人仍然还是有些寂寞，冬季临近结束的时候，他们对歌剧也感到无聊了，就像……咦，譬如说，就像最后一次冬季晚会一样。这最后一点意见丝毫也不适用于恩斯特的音乐会，因为它是为了美好的慈善目的而举办的。出现了很奇怪的事：剧院里异常拥挤，许多人为了保命而决定到夏园去散步，那时夏园好像是特意首次向公众开放，因此音乐会上观众寥寥无几。但这种情况无非是由于误会才发生的。只有济贫小组的人员到场。我们听说，许多人寄来了捐助，但本人却没有光临，害怕拥挤。这种害怕是很自然的。

先生们，诸位无法想象，跟你们聊聊彼得堡的新闻和为诸位写一篇彼得堡纪事是一种多么令人愉快的义务！我还要说：这甚至不是义务，而是一种最高尚的满足。不知诸位是否了解我的高兴心情。可是，这样聚在一起，坐在那里谈论社会兴趣，简直是非常令人愉快。每当我走进社会，看见一些非常有教养的、仪表堂堂的人聚在一起，坐在那里一本正经地谈论着什么事，同时丝毫也不失其尊严，我有时甚至高兴得想要唱起来。至于在谈论什么，这则是第二个问题，我甚至有时忘了去听大家的谈话，完全满足于体面的交际场面。我不禁肃然起敬，心里充满了兴奋之情。

但是我至今还没有来得及洗耳恭听我们这些上流社会的人们——不是小组，而是人们——谈话的内容。上帝才知道这是什么！当然，无可争议，这是异常美妙的事情，因为这些人都仪表堂堂，十分可爱，然而所谈的事却好像莫名其妙。一直都好像刚刚开始谈话，一直都好像在调乐器，你坐上两个小时，也还是刚刚开始。有时听到，大家好像都在谈论某些严肃的引人深思的事；可是后来，你问问自己，他们在说些什么，你无论如何也弄不清究竟是在谈什么——是在谈手套，是在谈农业，是在谈"女人的爱情能否持久"？所以我得承认，有时好像感到寂寞。就好像您在黑夜回家，一边走，一边漫不经心、无精打采地看着马路两边，突然间听到音乐声。是舞会，正是舞会！在通明的窗户上人影晃动，传来沙沙声和簌簌声，好像能听到吸引人的舞会上的低语声。深沉的低音提琴声响起，小提琴发出刺耳的尖声。人群熙熙攘攘，灯火通明，门前有宪兵来回走动。您从此处经过，完全被吸引，心情激动；您被唤起某种希望，某种追求。您仿佛听到了生活，可是您所带走的却是这种生活苍白的旋律，它的无血色的理念，阴影，几乎就是虚无。您走过去，仿佛是什么都不相信；您所听到的是别的东西，听到透过我们日常生活苍白的旋律响起另一种激烈的、有生命力的和忧伤的旋律，仿佛是柏辽兹的舞曲。烦闷和怀疑撕咬着心，像是俄国忧伤的歌中那种无边的烦闷一样，听起来让人感到亲切，让人觉得好像在呼唤着什么：

请听……响起了另一种声音……

忧郁和绝望的狂欢……

莫非是强盗在那里唱起歌，

或者少女在分离时刻痛哭？

不，那是割草者劳动归来……

是谁给他们编的歌？请看，

周围是森林，萨拉托夫草原……[1]

这几天正在过悼亡节[2]。这是俄国民间的节日。民间用来迎接春天，在整个无边无际的俄国大地上，到处都在编花圈。可是在彼得堡，天气却寒冷而死气沉沉。还在下雪，白桦树还没有发芽，况且昨天夜里，一场冰雹打坏了树木的芽苞。天气非常像11月，好像是要下第一场雪一样，涅瓦河被风吹得波涛汹涌，狂风呼啸着吹过大街小巷，把路灯刮得吱吱地响。我总是觉得，彼得堡人在这种时刻里心情烦闷，容易生气，我的心也跟我的小品文一起收缩。我总是觉得，他们全都气哼哼地、懒洋洋地闷坐家中，

---

[1] 引自俄国诗人阿·尼·玛伊科夫的《两种命运》（1845）一诗。
[2] 悼亡节是俄国民间节日，复活节后第七个星期四。

有人用小道消息来排解心头的忧郁，有人跟老婆争吵得不可开交，用这种方式来过节，有人安详地阅读公文，有人打了一夜纸牌，正在蒙头大睡，以便能准时睡醒，夜里继续新一轮的赌博，有人气哼哼地只身一人躲在角落里，代替厨娘煮咖啡，在咖啡壶里水的沸腾声伴奏下打瞌睡。我觉得，街上的行人都顾不得过节和关心社会兴趣，那里寒风刺骨，人们为了生计而淋湿了衣服，一个大胡子庄稼汉被雨淋着，好像觉得比在太阳底下要好过一些，一位身穿海狸皮装的先生在这潮湿而寒冷的时刻里外出，莫非只是为了去投资……一句话，不好哇，先生们！……

6 月 1 日

我们不清楚处于什么季节，但对此已经心安理得，确信如今我们这里不是第二个秋天，而是春天，并且终于决定要过渡到夏天；如今翡翠色的嫩绿开始吸引彼得堡居民去别墅，直至新的泥泞季节到来之前，我们彼得堡将是空空的，堆满破烂垃圾，修建，清理，仿佛是在休息，生活仿佛是在短暂的时间里停顿下来。灼热的空气里弥漫着细小的白色灰尘。一群群的工人抬着石灰，拿着铁锹、锤子、斧头和其他工具，在涅瓦大街上发号施令，就像在自己的家里一样，仿佛是他们全都收购了去，行人、游手好闲者或看热闹的人，假如他不是非常希望像罗马狂欢节中身上撒满白粉的彼耶罗，可就遭殃了。马路上的生活沉睡了，演员们到外省去了，文学家在休假，咖啡馆和商店里空无一人……那些迫不得已而留在首都过夏的市民可该做些什么呢？研究房子的建筑，观看如何修建城市并使之焕然一新？当然，这是十分重要的事，甚至大有教益。彼得堡人在冬季里悠闲惯了，他们有那么多娱乐活动、公务、打牌、传播小道消息以及其他的开心事，此外，道路还泥泞不堪，他们未必有时间审视周围，比较仔细地观看彼得堡，研究它的面貌，阅读城市的历史，了解我们整个时代，熟悉如此众多的石头雕塑，宏伟的建筑物、宫殿和纪念碑。未必有人会想到把宝贵的光阴花在这种完全没有必要的不会带来任何收益的事情上。有这样一些彼得堡居民，他们一连十年或者更多的时间不出家门，了解最清楚的只是从家里到服务机关去的一条路。

有些人没有去过埃尔米塔日[1]，没有到过植物园，没有去过博物馆，甚至没有去过艺术院，甚至没有坐过火车。可是研究城市却是并非无益的事。我不记得，什么时候曾经有机会读到过一本法国人写的书，全书介绍了对俄国现状的各种观点。当然，不用说就知道，外国人对俄国现状的观点是什么货色；我们至今都坚决不同意用欧洲的尺度来衡量我们。然而，尽管如此，全欧洲都贪婪地读了这位赫赫有名的旅行家的书。况且书中说，没有什么东西能比彼得堡的建筑再没有特色的了；其中没有任何特别令人惊叹的东西，没有任何民族特色，整座城市——只是某些欧洲首都的一幅荒谬可笑的漫画；虽然彼得堡在建筑方面是一种奇特的混合体，但是每走一步都令人惊叹不已。希腊建筑、罗马建筑、拜占庭建筑、荷兰建筑、哥特建筑、洛可可建筑、当代意大利建筑、我们东正教建筑——这一切，这位旅行家说，被糅合成最可笑的样子，因此找不到一栋真正美的建筑物！然后，我们这位旅行家为了对莫斯科表示尊重，说了克里姆林宫许多好话，描绘克里姆林宫时使用一些华丽的辞藻，说莫斯科的民族性值得骄傲，但却咒骂轻

---

[1] 彼得堡冬宫艺术博物馆。

便马车，因为它们背离了古代宗法制的尺度，于是，他说，在俄国，一切土生土长的和民族的东西都消失了。最后的结论是：俄国人以自己的民族性为耻，因为不愿意走从前的老路，害怕在自己宗法制的马车里把五腑六脏都颠簸出来。

写这番话的是一个法国人，几乎跟任何一个法国人一样，也就是说，是个聪明人，但见识浅薄而且排外，达到了愚蠢的程度；不承认任何非法国的东西——无论是在艺术、文学还是科学方面，甚至在民族的历史上也是如此，主要的是，因为有别的民族，这个民族有自己的历史、自己的思想、自己的民族性格和自己的发展道路，他都大为恼火。可是这位法国人却非常巧妙地，自然是不知不觉地，与我们的（我不说是俄国的）有闲的某些书呆子想法不谋而合。是的，法国人恰恰跟我们当代许多人一样，希望在某些地方看见俄国的民族性，也就是在已死的文字、过时的思想、似乎能让人想起古代俄国的一堆乱石头以及对黑暗的古代故土无所顾忌的盲目崇拜中看见民族性。毋庸争议，克里姆林宫是久已成为过去的时代最值得尊敬的文物。这是古代珍宝，可以怀着特别的好奇心和无限崇敬的心情来观赏它；可是它在哪些方面是有民族独特性的——我们对此不能理解！有这样一些民族文物，它们超越了自己的时代，就不再是民族的了。人们会说：俄国人民了解莫斯科的克里姆林宫，他们笃信宗教，从俄国各地汇集而来，亲吻莫斯科显灵者的圣骨。很好，可是这里没有任何特别之处；民众也一群群地到基辅、索洛维基岛、拉多加湖、雅典山、耶路撒冷去朝圣，无处不去。可是他们了解莫斯科圣徒们，圣彼得和圣菲利浦的历史吗？当然不了解——从而丝毫不懂得俄国历史的两个极其重要的阶段。人们会说：我们的人民尊敬安葬在莫斯科阿尔汉格尔斯克大教堂的古代沙皇和俄国王公的遗物。很好。可是人民了解罗曼诺夫王朝以前的哪一个俄国沙皇和王公呢？他们了解三个，其名字是：德米特里·顿斯科伊、伊凡雷帝和鲍里斯·戈都诺夫（后者的尸骨安息在圣三位一体修道院）。可是人民知道鲍里斯·戈都诺夫，只是因为他建造了钟王"大伊凡"，至于说到德米特里·顿斯科伊和伊凡·瓦西里耶维奇，就会说些荒诞离奇的事，让人根本不想听。至于多棱宫的珍贵性，民众也一无所知，俄国人民不了解自己的历史文物，这大概是有其原因的。

可是人们或许会说：人民是什么？人民愚昧无知，没有受过教育，于是就指出受过教育的社会；可是受过教育的人对自己祖国古代的赞叹，无所顾忌地向往古代，在我们看来也经常都是虚无缥缈的浪漫主义的狂热，书呆子的狂热，因为我们有谁了解历史呢？历史的神话是人人所熟悉的，可是历史在当代比以往任何时代更重要。它是最不普及的书斋里的事，是学者们的任务。他们进行争论，讨论，比较，可是至今也不能在最基本的思想上取得一致；他们在寻找解释某些史实的钥匙，可是这些史实却变得比以往任何时候都扑朔迷离。我们不想争论：任何一个俄国人对待自己民族的历史都不能漠不关心，不管这历史被想象成什么样子；可是要求人人为了只有古董意义的值得尊重的对象而忘记和丢掉当代，这在最高程度上是不公正的和荒唐的。

彼得堡可不是这样。在这里，每走一步，都会看到、听到和感觉到当代的气氛和当今的思想。或许这里在某些方面混乱不堪，是大杂烩；许多东西都可能成为漫画的对象；可是这毕竟是生活和运动。彼得堡是俄国的头脑和心脏。我们从城市的建筑开始谈起。甚至这里建筑的多样性也足以证明思想的统一和运动的统一。这一排荷兰式的建筑物使人想起彼得大帝的时代。这栋拉斯特列里[1]风格的建筑物使人想起叶卡捷琳娜时代，而那些希腊和

---

[1] 瓦尔福洛美·瓦尔福洛美耶维奇·拉斯特列里（1700—1771），意大利建筑师，主要在俄国工作，巴洛克建筑艺术的代表人物。

罗马风格的建筑物则是近代的产物，但所有的合在一起，则让人想到彼得堡以及整个俄国欧化生活的历史。至今为止，彼得堡处处是垃圾，灰尘弥漫；它还处在兴建之中；它的未来还在规划之中；但这种规划是属于彼得一世的，它正在实现之中，正在成长之中，每天都在生根，不只是在彼得堡的沼泽地上，而且也在整个俄国，因为整个俄国都与彼得堡同呼吸，共命运。所有的人都亲身感觉到了彼得改革方向的力量和成果，所有的阶层都担负着实现他的伟大思想的共同事业的使命。因此，人人都在开始生活。一切——工业、商业、科学、文学、教育、社会生活的基础和结构——一切都只是靠着彼得堡而生，只是由于有了它才能支撑着。甚至就连不愿意议论的人，都已经听到和感觉到新的生活并且努力向往新的生活。人民不知不觉地在某些方面忘掉了古代，只尊重和崇尚当代，也就是他们首次开始生活的那个时代，请问，谁能责备这样的人民。不，我们在当代的运动中看到的不是民族性的消失，而是民族性的胜利，这种民族性并不像许多人想的那样，在欧洲影响之下轻易地毁灭掉。在我们看来，这个人民完美而健康，真正地热爱自己的现代，热爱他所生活的那个时代，他能够理解这个时代。这样的人民能够生活，而生命和原则对于他们来说则是永世长存的。

关于当代方向，关于当代思想，等等，从来也没有像现在，像近来一个时期这样谈论得这么多。文学以及社会生活的种种表现，从来也没有引起如此强烈的兴趣。彼得堡的冬季是繁忙的和比较丰产的，直到现在，亦即 5 月末，才告结束。这时出版了最后几本书，学校里课程结束了，正在进行考试，从外省涌来了新的居民，每个人都在考虑下一个冬季和自己未来的活动，不管这种考虑是什么样的和如何进行的。如果您能深入理解彼得堡刚刚度过的这个冬季，您就会比任何时候都更加坚信社会对我们当代的关注。当然，我们并不想说，我们当代生活如旋风，如暴风骤雨，急速奔驰，让人喘不过气来，无暇回顾。不是这样，更像是我们仿佛在准备到什么地方去，张罗着收拾行装，包装各种备用物品，像一个人在长途旅行出发前夕那样。当代思想并非义无反顾地奔向远方，况且它还害怕疾驰。相反，它仿佛是在中途停顿下来了，达到了自己所能到达的界限，四处张望，在自己的周围仔细搜寻，自己琢磨自己。几乎是人人都开始审视和分析世界和自己，同时也相互审视和分析。大家都以好奇的目光相互察看和衡量。人们被讲述，被描写，同时也在世人面前分析自己，常常是怀着痛苦的心情。已经有成千上万种新的观点展示给这种人，他们从来也不曾设想过对事物拥有自己的观点。另外一些人认为攻击只是来自不道德的不安分的人，甚至来自恶棍，是出自某种隐秘的恶意和憎恨。认为遭受攻击的只是社会的一定阶级，于是便诽谤、指责和中伤公众，可是现在这种迷误却落空了。人们很少生气了，懂得了，弄明白了，分析也不会饶过进行分析的人自己，因此了解自己比生那些著作家先生的气要好，这些著作家都是最安分守己的人，不希望伤害任何人。可是最懊恼的是另外一些先生，他们本来与任何人无关，可是不知何故，想当然地以为自己受到了侮辱，以为被搅进与公众的某种值得怀疑和令人不愉快的纠葛之中。这时便产生了许许多多说不清道不明的，至今还无法解释的趣闻，要是能够勾画出受伤害的先生们的面貌来，那简直是太有趣了。这是一种特殊的、非常有意思的典型。其中一些人声嘶力竭地大喊大叫，疯狂反对道德的普遍堕落和体统的丧失，据说是由于一种特殊的原则，这个原则就在于：不关我的事，那就让它关别人的事好了，随它去吧，为什么要刊登这个，为什么要允许刊登这个。另一些人则说，美德总还是有的，在人世上本来就存在，许多道德高尚的有教益的著作，尤其是儿童书籍已经详尽地论述了并且无可辩驳地证明了它的存在，因此何必为它而不安，何必去寻找它，使用它那神圣的名字也是徒劳无益。当然，这类先生需要美德，就像需要去年的橡实一样（况且简直是莫名其妙，他怎么会想到，事情说的是美德）。可是这位先生听到第一声叫喊就不安起来，便活动起来，开始生气了，以不道德自居。另一位先生也是仪表堂堂，迄今为止一直生活得很安宁，可是看看他，突然无缘无故地跳起来，也生起气来，四处公开叫嚷，说他是个正派的人，他是个值得尊敬的人，他绝不允许别人伤害自己。这类先生中间的某些人时常重复说他们是正派而高尚的人，特别认真地相信自己那些深奥费解的话是不容置疑的，如果有人提起他们的大名时胆敢不表现出应有的尊重，他们就要怒不可遏，觉得非同小可。最后，第三种人年纪较大，很善良，甚至通情达理，要是突然向他的两只耳朵鼓噪，告诉他：他迄今为止所奉为最高美德的，突然成为不是美德而是别的什么东西，但绝非好的，这一切都是某某所为……总之，许多人，非常多的人亦得异常懊丧起来；人们敲起警钟，站起来，吹起号角，忙碌起来，叫喊起来，最后达到这种地步，竟然对自己的叫喊也感到羞愧了。现在已经较少发生这种事了……

最近一个时期，相继成立一些慈善机构和学术团体，文学界和学术界积极开展活动，出现了一批新的杰出的名字，一些新的出版物和杂志。这一切都强烈地吸引了并且正在吸引着全体公众的关注，并且得到他们完全的同情。人们指责我们文学界在上一个季度无所收获和无所作为，其实没有任何做法能比这种指责再不公正的了。出现在各种期刊上的一些新的长篇和中篇小说，完全取得了成功。杂志上刊载了一批学术文章、文学批评、有关俄国历史和统计学的出色论文，有几部历史学和统计学的论著和小册子单行本问世。斯米尔金实现了俄国古典作家作品集的出版计划，这套书大获成功，并将继续不停地出版下去。克雷洛夫全集问世了。杂志、报纸和其他出版物的订户大幅度增长，对读物的需求遍及各个阶层。画家的笔和刻刀也没有闲着；别尔纳尔德斯基和阿根先生的美好创举——为《死魂灵》作的插图——接近完成，我们对于两位画家的严肃认真态度无论怎么称赞，都不算过分。其中一些版画完成得非常出色，很难设想有更好的了。米·涅瓦霍维奇目前还是我们唯一的漫画家，他不停顿地，不知疲倦地继续出版自己的漫画集《杂拌儿》。该书从一开始就以其新颖和罕见而引起普遍的强烈兴趣。的确，漫画艺术家出现在当今这个时代，很难想象更加合适的时机了。社会产生和经历了许多思想，没有必要为编造情节而绞尽脑汁，尽管我们时常听见：讲什么呢，写什么呢？但是，艺术家的天赋越多，他就能以越加丰富的手段把自己的思想诉诸社会。对于他来说，不存在障碍，不存在通常的难处，对于他来说，情节数不胜数，随时随地都有，艺术家在这个时代处处都能为自己找到营养，只要是他希望，讲什么都可以。况且人人都有发表意见的要求，人人都有得悉和响应他人意见的要求……关于涅瓦霍维奇先生的漫画，我们准备另找机会详细谈谈……这个题目比乍一看似乎更加重要。

6 月 15 日

　　6 月，天气炎热，城里空了；大家都住到别墅去了，在那里享受着大自然。我们彼得堡的大自然中有一种难以解释的天真的甚至动人的东西，它会突然仿佛是出人意料地显示出自己的整个威力，自己的全部力量，披上翠绿的盛装，被鲜花打扮得五彩缤纷……我不知道它为什么让我想起一个病弱而憔悴的少女，您看着她有时感到惋惜，有时感到某种同情的爱怜，有时只不过是根本没有理会她，可是她却仿佛是无意之中突然在一瞬间变得美丽异常，让人不可理解，于是您情不自禁地惊讶地问自己：是什么力量迫使这双一向阴郁的若有所思的眼睛闪烁着火光，是什么东西把血液吸引到一向苍白的面颊上，是什么东西给这个温柔的脸庞洒上了热情和追求，这个胸脯由于什么而隆起了，是什么东西如此突然地唤起了这个女人脸上的力量、生命和美丽，使她笑逐颜开，容光焕发？您看着自己的周围，寻找着什么，猜测着……可是一转眼的工夫过去了，也许就是明天，您所遇见的又是那种阴郁而又若有所思的、无精打采的眼神，又是那张苍白的面孔，又是温顺而又怯生生的动作、疲惫无力的样子、暗中的哀伤以及由于一时的迷恋而产生的无益的、令人难以忍受的悔恨。可是比喻有什么用处？如今有谁愿意听？我们迁到别墅来，为的是过过简单的直观的生活，不要比喻，不要观点，只是享受一番大自然的恩惠，休息一下，尽情地偷懒，把那些无用的忙乱的日常废话和破烂留在冬季的住宅里，一直到比较合适的时候。我有一个朋友，前几天让我相信，我们甚至不会正经八百地偷懒，我们偷起懒来也很难过，没有享乐，心里不得安宁，我们的休息是狂热的、惊惶不安的、愁眉苦脸的和得不到满足的，与此同时，我们还得进行分析和比较，表述怀疑主义观点，而手头经常有没完没了的无法解脱的日常琐事要做；我们终于准备偷懒和休息一下，可是却好像是准备要做一种紧张而严肃的事情似的，譬如说，既然我们想要享受一下大自然的恩惠，那么从上一周起就在自己的日历上记上，某天某时某刻，我们将要享受大自然的恩惠。这很让人想起那个一丝不苟的德国人，当他离开柏林时，在旅行笔记本上心平气和地记下："经过纽伦堡时勿忘结婚。"这个德国人，当然，首先是头脑里有一个计划，他出于对这个计划的忠诚而没有感觉到事实的不成体统，可是不能不承认，在我们的行动中有时没有任何计划，而事情恰如按照东方人所相信的天意而进展。我的那个朋友自有其一部分道理；我们好像是用力绷紧我们生活的轭索，忙忙碌碌，很费力气，只不过是出于责任感而羞于承认已经累得精疲力竭。我们移居到别墅来，难道真的是为了休息和享受大自然的恩惠吗？请您首先看看，什么东西我们没有随身带来。不止于此，由于职业上的多年积习而没有丢开冬季的任何旧东西——相反，还补充了新的，靠着回忆而生活，于是陈旧的小道消息，陈旧的日常琐事跟着新的而来。否则就会无聊，否则就不得不体验一下在露天地里一边听着夜莺的啼鸣一边打牌的滋味，况且也就是这样做的。此外，我们的构造有一部分本来就不是为了享受大自然的恩惠的，况且我们的大自然仿佛是了解我们的天性，忘了安排得更好一些。譬如说，我们有一种令人不愉快的习俗很发达（我们不想争论，这种习俗在我们的共同事业中也许是有益的）——经常，有时毫无必要，而是习惯性地检查和准确无误地衡量自己的印象，有时这种享受还没有实现，事前就衡量这种未来的享受，很器重它，事前在幻想中得到满足，自然，以后遇到真事时就不适用了。为什么会产生这种习俗呢？为了更强烈地感觉鲜花的气味，我们经常都把花朵捏扁和撕碎，然后抱怨说，我们得到的不是芳香，而是刺鼻的气味。然而，假如我们整年得不到这几天休假，不能用丰富多彩的自然现象来满足我们过返璞归真的自然生活的永久的强烈渴望，那就很难说我们会怎么样。怎能不疲惫，怎能不筋疲力尽——永远追求印象，好像是为了一首歪诗而追求韵律似的，渴望着外表上的纯朴活动，为此而受到折磨，担心自己的空想，自己头脑里的妄想会发展成为病态——我们这个时代，生活平庸贫乏，萎靡不振，因此人们力图用幻想及其一切辅助手段来填补它的空虚。

对活动的渴望，在我们这里已经达到狂热、不可遏止和无法忍受的程度：人人都想要从事严肃的事业，许多人热烈地希望做好事，给社会带来益处，已经逐渐地开始明白，幸福并不在于在社会上普遍无所作为的情况下，为了变换花样，遇到机会时硬充英雄好汉，而是在于永远的不知疲倦的活动中，在于在实践中发挥我们的各种爱好和才干。譬如说，我们从事事业的人中间，莫非许多人都是满怀激情，出于自觉自愿吗？据说，我们俄国人天生懒惰，喜欢躲避事业，要是强迫我们去做，我们也能做，可是事情就要变样。够了，真是如此吗？根据哪些经验能够为我们这个并不令人羡慕的民族素质辩解呢？我们从不久以前开始大吵大嚷，指责普遍的懒惰和无为，相互催促，希望开展良好的有益的活动，得承认，只是催促而已。这样一来，就准备无缘无故地责备自己的同胞，可能只是因为他不太咬人，如果戈理所指出的那样[1]。可是，先生们，请诸位试试向着良好而有益的活动迈出第一步，随便以什么形式给我们做出个样子来看看；让我们见识一下

---

[1] 果戈理在其中篇小说《外套》中谈到主人公巴什马奇金的社会地位时，说过这样的话。

事业，而主要的是，让我们也对事业发生兴趣，让我们亲自做做，调动起我们个人的创造性。诸位进行催促的先生，你们能否做到这一点？不，没有必要这样指责，只是白费口舌！不错，在我们这里，事业经常是不请自来，在我们这里，事业表面上并不唤起我们特殊的好感，这也就恰恰表现出纯粹俄国人的特点：强迫做的事，做得很糟，不尽心尽力，如俗话所说，邋邋遢遢。这个素质鲜明地反映出我们的民族习俗，在一切方面都表现出来，甚至表现在公共生活最细小的事实上。譬如说，既然我们没有钱像老爷似的住宫殿，像有身份的人似的穿戴体面，或者像大家（也就是像不多的人）那样打扮自己，那么我们的角落就常常像是猪圈，而衣服则很丢脸，甚至到了不知羞耻的程度。既然这个人不能心满意足，既然他没有钱来表现自己，让自己身上的一切优点全都显露出来（不是出于虚荣心，而是由于人的自然要求——在实际生活中意识到自我，实现自我和塑造自我），那么他就会立即陷入一种最令人难以置信的境地：我斗胆地说，他或是酗酒，或是沦为赌徒和骗子，或是成为寻衅闹事之徒，最后，由于野心勃勃而发疯，与此同时，他又暗自卑视自己的野心，甚至因此而痛苦，不得不为了野心这类琐事而受罪。你看，你不知不觉地会得出一个结论：我们缺少个人尊严感——这个结论几乎是不公正的，甚至是令人懊恼的，但似乎是可能的；我们缺少必要的个人主义，我们不习惯于得不到奖励而做好事。譬如说，把某一件事交给一个一丝不苟的按部就班的德国人去做，尽管这件事违背他的一切志向和爱好，可是只消向他解释清楚，说这项活动能把他引上大路，能赡养他及其全家，能让他出人头地，达到他所希望的目的，等等，这个德国人立即就会着手去做，甚至绝不推诿地完成它，甚至为自己的行动制订一项新的专门计划。可是这样好吗？部分来说，并不好；因为在这种情况下，人会达到另一个可怕的极端，变得迟钝呆板，有时人完全被排斥在外，取代他的是计划、责任、公式和对祖传习俗无条件的屈从，尽管祖传的习俗已经不适合现代的标准。人民性格中的这种因素往往采取天真美好的形式，有时甚至采取喜剧的形式；彼得大帝的改革在俄国创造了自由的活动，如果人民性格中带有这种因素，它就不可能进行。我们曾见到过，某德国人五十岁以前未婚待娶，在俄国地主家教孩子，积攒一小笔钱，最后再通过合法的婚姻，跟自己的女孩结合在一起，尽管她由于长期的处女生活已经枯萎了。俄国人可是受不住，他过不了多久就不再爱了，或者堕落了，或者做出别的什么事来——有一句谚语，如果反其意而用之，在这里倒是相当恰当，即：德国人觉得好的，对于俄国人来说却是死亡。我们俄国未必很多人都有钱能够认真地做他们所喜欢做的事；因为任何事情都要求爱好，要求从事者具有爱心，要求一个人全副身心地投入。最后，许多人都找到了自己的活动吗？有的活动要求先决条件，要求有所保障，而对另外的某种事业，这个人则没有爱好——他把手一挥，你瞧吧，事业在他手里完蛋了。而有些人虽然渴望活动，渴望过自然纯朴的生活，渴望参与现实，可是他们性格软弱，畏首畏尾，犹豫不决，渐渐地产生了一种名为幻想的东西，人终于成为非人，成为某种奇怪的中性物——幻想家。先生们，诸位可知道何谓幻想家吗？这是彼得堡的噩梦，这是人格化的罪恶，这是无言的、神秘的、阴郁的、野蛮的悲剧，具有悲剧所不可少的恐怖、毁灭、转折、开端和结局——我们这么说完全不是开玩笑。您遇见一个人，只见他无精打采，目光呆滞而暗淡，往往是愁眉不展，脸色苍白，他经常仿佛是在忙于一件非常艰巨、非常伤脑筋的事，有时疲惫不堪，仿佛是沉重的劳动使他精疲力竭，可是实际上，他恰恰什么事情都没干——幻想家从外表上看就是这样。幻想家经常很痛苦，因为他不平衡到了极端：有时过于欢快，有时过于阴郁，有时言谈举止粗野，有时精神集中而又温柔，有时是个个人主义者，有时表现出高尚的感情。这些先生在公务上绝对不顶用，尽管担任公职，但却一无所长，只是拖沓，办起自己的事来比无所事事还要糟。他们对一切形式都感到深深的厌恶，尽管如此，他们自己很温顺，不凶恶，害怕别人碰他们，因此自己就是第一号的形式主义者。可是他们在自己家里却完全是另一副样子。他们大多数都离群索居，住在偏僻的角落里，仿佛是消失在人群和人世之外，你第一次看见他们，首先映入眼帘的甚至是某种矫揉造作。他们闷闷不乐，与家人也寡言少语，故步自封，但非常喜欢一切慵懒、轻松的事以及冷眼旁观，喜欢温柔的感情以及能够引起感触的一切。他们爱好读书，阅读各种书籍，甚至内容严肃的、专门的，但通常读到第2页或第3页，便弃之一旁，因为已经完全满足了。他们的想象力非常活跃，漂浮不定，轻松自在，一旦被唤醒，就印象接连不断，形成一个完整的幻想世界，有欢乐和痛苦，有天堂和地狱，有最具有魅力的人儿，有英雄的功业，有高尚的活动，经常都有生死搏斗，有犯罪和各种恐怖，这一切突然间主宰了幻想家的整个存在。房间消失了，空间也消失了，时间停滞了，或者飞速前进，一个小时像是一分钟那么快。有时整整一夜都在难以描绘的享乐中不知不觉地度过了；往往是一连好几个小时体验着爱情的天堂，或者体验着巨人的全部生涯，像梦一般美好，前所未闻，妙不可言。根据某种不可理喻的任性，脉搏在加快，淌出了眼泪，湿乎乎的苍白的面颊发起烧来，当晚霞把玫瑰色的光辉洒向幻想家的小窗上时，他脸色煞白，生病了，痛苦不堪，但却感到幸福异常。他一头扑到床上，几乎是失去了知觉，入睡时还长时间地倾听着心中那种病态的令人愉快的肉体上的感觉……清醒的时刻是很可怕的，这个不幸者忍受不了这种时刻，慢慢地又加大了剂量，再次服下自己的毒药。又是一本书，一支乐曲，某种遥远的回忆，是陈旧的，来自现实生活，一句话，是成千上万的最微不足道的原因之一，于是毒药准备好了，一个幻想的世界又光辉灿烂地展现出来，出现在神秘而安详的幻想这条五彩缤纷而又变幻莫测的主线上。他走在马路上的时候，低垂着头，很少留意周围的行人，有时在这里也完全忘记了现实，可是一旦有所发现，那么一件最平常的琐事，一件最无意义的常见的事，也会立刻获得虚幻的色彩。他具有一种奇特的视力，能在一切事物中看到虚幻的东西。大白天紧紧关闭的护窗板、一个衰老得变了体形的老太婆、一位迎面走来的先生，一边挥动着双手，一边独自议论着什么事——况且，这种人能遇见很多——从一栋简陋木屋的窗户里看到的家庭生活场景——这一切几乎都能引发出惊险离奇的故事。

想象力调整就绪；立刻产生一个完整的故事，一部中篇小说，一部长篇小说……现实往往产生痛苦的，与幻想家的心相敌对的印象，于是他急忙藏到他那个神圣不可侵犯的黄金角落里去，实际上，他那个角落往往是落满灰尘，乱七八糟，杂乱无章，肮脏不堪。我们这个不安分守己者渐渐地脱离开人群，脱离开共同的兴趣，于是现实生活的才干在他身上也就逐渐地，不知不觉地开始消退。他自然觉得，无拘无束的幻想给他带来的享乐，比真正的生活更丰富，更美好，更可爱。最终，他在自己的迷误中完全丧失了道德感——一个人凭着这种道德感才能看重现实生活的美——他误入迷途，失去了方向，丢掉了现实幸福的机会，他消沉下来，心灰意懒，无所事事，不愿意知道人生就是在自然界和当前的现实中不断地自我观照。有些幻想家甚至为自己虚幻的感觉做周年纪念。他们往往记下那些特别幸福的月份和日子，他们的幻想在那些日子里最让他们愉快，假如他们那时漫步在马路上，或者阅读一本书，或者看见一个女人，那就必定努力重现当时的情景，在这些印象的周年纪念的日子里，重温和回忆那腐朽衰弱的幸福的每一个细枝末节。这种生活岂不就是悲剧！岂不就是罪恶，岂不就是灾难！岂不就是漫画！我们大家岂不也都或多或少地是幻想家吗！……在彼得堡，青春很快消失，希望很快枯萎，健康很快毁坏，整个的人很快蜕变。充满外在印象的别墅生活、大自然、运动、阳光、绿树芳草以及夏天尤其美丽和善良的女人——这一切对于病态的、奇怪的和阴郁的彼得堡来说，异常有好处。我们这里，太阳是个稀客，绿树芳草是珍宝，我们早就习惯了我们冬季的角落，新颖的习俗，地点和生活的变换，不可能不对我们产生良好的影响。城市豪华而空荡！只有一些怪人在夏天比别的季节更喜欢它。况且我们这可怜的夏天又如此短暂；你还没有留意，树叶已经变黄，最后的稀稀落落的花朵凋谢了，潮湿的季节到来了，雾气弥漫，又是对身体有害的秋天，生活像从前一样吵吵嚷嚷，东跑西颠……前景令人不愉快呀——起码是目前看来。

狱中家书

致安·米·陀思妥耶夫斯基

1849 年 6 月 20 日，彼得堡彼得保罗要塞

亲爱的弟弟安德烈·米哈伊洛维奇：

根据我的请求，我获准给你写几行，于是我迫不及待地通知你，感谢上帝，我很健康，尽管很发愁，但远远没有达到灰心丧气的地步。不管处于何种状况，总是会找到安慰的。因此你不必为我担心。看在上帝的分上，给我说说哥哥牢里的情况。艾米莉娅·费奥多罗芙娜和孩子们如何 [1]? 代我亲吻他们。

---

[1] 费·米·陀思妥耶夫斯基因参加彼得拉舍夫斯基小组而于 1849 年 4 月 23 日凌晨被沙俄当局逮捕，关押在彼得保罗要塞。他的哥哥米·米·陀思妥耶夫斯基受到牵连，也于同年 5 至 6 月被关押。艾米莉娅·费奥多罗芙娜是他的嫂子。

我对你有一个请求：我近一个时期手头很紧，急需钱用。你也许不知道，我本来可以得到帮助，因此才沉默至今。现在别再把我忘了。假如我们在莫斯科的债务还没有结算完毕，我求你给莫斯科写封信，要求卡列宾把我应得的预付款，亦即25个银卢布，立即寄给我。[1] 我暂时不再需要别的了。

如果已经结算完毕，那就把我应得的全部款项寄来。我猜想，你已经得到了一部分，据我推测，这件事情应该结束了。你也别忘了哥哥的家庭，为他向莫斯科写封信。

在等待莫斯科的钱汇到的期间，如果可能，你先寄给我10个银卢布。我在此处借了别人这么多钱，得偿还。我将不胜感激。你务必这么办。你可写信给姐妹们，代我问候，告诉她们，我没什么大碍，很好，别让她们担心。转达我对姨夫一家，特别是对姨妈的致意。千万别忘记她。

还有个请求。我不知道是否可能，亦即能否准许这么做，不过据我的想法，这是可以的。具体地说，就是：米哈伊尔哥哥有一张领取《祖国纪事》的凭证。今年的5月号大概还没有拿到。你

---

[1] 指出售父母留下的两处庄园一事，卡列宾是买者。

可到艾米莉娅·费奥多罗芙娜处把凭证要来，把这一期的杂志取来，寄给我。那上面刊登了我的一部长篇小说的第三部分，但这是在我不在的情况下刊印的，未经我审阅，我甚至连清样都没有看到。[1]我担心：他们刊印的是否曲解了我的小说？请你务必把这一期杂志给我寄来。可按如下地址邮寄：圣彼得堡彼得保罗要塞司令阁下办公室。或者最好是你亲自送来。

你被错误拘捕，获释后，我想，定会很高兴。[2]再见，祝你万事如意。你也为我祝福吧。

你的哥哥费奥多尔·陀思妥耶夫斯基

背面：

奥布霍夫大街建筑学校

建筑师安德烈·米哈伊洛维奇·陀思妥耶夫斯基先生收

---

[1]《祖国纪事》杂志1849年5月号刊登了费·米·陀思妥耶夫斯基的长篇小说《涅朵奇卡·涅兹万诺娃》的第3部分，在他被捕以后出刊。

[2]安·米·陀思妥耶夫斯基也曾在1849年4月23日被捕，但不久查明，他与彼得拉舍夫斯基小组无关，于5月6日获释。

致米·米·陀思妥耶夫斯基

1849 年 7 月 18 日，彼得堡彼得保罗要塞

亲爱的哥哥，我对你的来信高兴得难以言表。我是在 7 月 11 日收到的。你终于自由了，我想象得出，与家人团聚，对于你来说是何等的幸福。我想，他们都曾盼望你！我看得出，你已经开始安排新的生活。你现在忙于何事？主要的，你靠着什么为生？是否有工作，你究竟在做什么工作？在城里度夏——是很难熬的！况且你说租了另外一处住宅，原来的或许已经感到太狭窄了。很遗憾，你不能到城郊去消夏。

谢谢寄来的东西，它们给我带来了很大的宽慰和愉快。亲爱的朋友，你在信中劝我不要悲伤。我本来就不悲伤；当然，觉得寂寞和难熬，可是有什么办法呢！况且也并非总是寂寞。一般说来，我的时间过得非常不均衡，忽而非常快，忽而慢慢腾腾。有时甚至感觉到，我好像是已经习惯了这种生活，一切都无所谓。当然，我要驱除想象的一切诱惑，可是有时又无能为力，从前的生活连同从前的种种印象不由自主地闯进心灵中来，于是就得重

温旧事。况且这也是理所当然的。目前，最低限度，天气大部分晴好，心情也就稍许愉快一些。可是一遇上阴晦的天气，就难以忍受，牢房就显得更加阴森。我也有自己的事干。我没有白白浪费光阴，构思了三部中篇和两部长篇小说；现在正写作其中的一部[1]，但我不敢工作过多。

这种工作，特别是我喜欢干的工作（而我从来也没有像现在这样满怀激情地工作），经常都弄得我精疲力竭，神经紧张。我自由的时候工作起来，不得不持续不断地从事各种娱乐活动，迫使自己把工作停下，可是在这里，每写完一段之后，只好让激动的心情自行平息。我的健康状况良好，只是患有痔疮和神经失调症，而且后者日益加剧。我有时跟以前一样，感到喘不过气来，食欲不振，睡眠很少，而且常做噩梦。一昼夜只睡五个小时，而且每夜都要醒来四五次。只有这一点很让人难受。天要黑的时候最难过，而我们这里9点钟就已经天黑了。我有时直到后半夜一两点钟才能睡着，因此五个小时的黑暗是非常难熬的。这最有害于健康。

---

[1] 指短篇小说《小英雄》，原名《儿童童话》，1857年在《祖国纪事》杂志上发表。

我们的案子何时才能了结，我对此什么都说不出来，因为无法估计，我只能计算日子：每天消极地记上，又度过一天——如释重负！我在这里读书不多：只读过两本朝圣记和圣徒德米特里·罗斯托夫斯基的著作。后者引起我很大兴趣；但是这种阅读只是沧海一粟，我觉得，如今我对任何书都会感到难以形容的高兴。这甚至很有益处，因为可以用别人的思想来修正自己的思想，或者按照新的方式重建自己的思想。

这就是有关我的生活的全部详情细节，此外别无其他。你回到家中时家里的人全都很健康，这让我很高兴。你是否已就自己获释一事写信给莫斯科了？叫人遗憾的是那里的事进展得不顺利。我希望能跟你在一起哪怕待上一天也好。我们遭到囚禁已经快要三个月了；以后如何，难以预料。也许整个今年夏天都看不到绿色的叶子了。你可记得，我们小的时候，大人有时在 5 月份带我们到花园里去玩，那时花园已开始发绿了，我记起了雷瓦尔[1]，我以前这个时节常到你那里去。我还记起了工程师之家的花园。于是我总是觉得，你也会进行这种比较，让人愁闷。也真想要看见

---

[1] 塔林的旧名。

别的人。你最近可见到了什么人吗？大家都该到城郊去了。安德烈弟弟必定还在城里，你见到尼古拉了吗？代我向他们致意，问候嫂夫人，转告她，她记着我，这让我非常感动，你不必为我过于不安。我只是希望保持健康，寂寞只是过渡性的，良好的精神状态则取决于我本人。人身上有无限的韧性和顽强性，说实在的，我以前没曾料到过，可是现在却根据经验了解到了。好吧，再见！这是我写给你的几句话，希望它们能给你带来愉快。你要是看见什么人，凡是我认识的，都代我问候，不要遗漏任何人。我想起了所有的人。孩子们是怎样看我的，很有兴趣知道。他们关于我做了什么推测：他跑到哪儿去了！好吧，再见。如果有可能，把《祖国纪事》寄给我。随便什么，总得阅读。你也给我写几句。这将会让我十分高兴。

再见！

你的弟弟费·陀思妥耶夫斯基

7 月 18 日

致米·米·陀思妥耶夫斯基

1849 年 8 月 27 日，彼得堡彼得保罗要塞

　　亲爱的哥哥，我非常高兴能给你回信，并且对你寄来的书表示感谢，尤其是为了《祖国纪事》而更得谢谢。你很健康，监禁没有给你的健康留下任何不良的恶果，这也让我很高兴。不过你写得太少了，我的信就比你的信详细得多。但不谈这些了，你以后会改正过来的。

　　至于我自己，丝毫肯定的消息都无法奉告。我们的案子何时了结，仍然不得而知。我个人的生活跟以前一样单调。不过又允许我在花园里散步了，这里差不多有十七棵树。但这对我来说足以是幸福的了。此外，我现在每天晚上可以有蜡烛，这算是另一件值得庆幸的事。如果你能尽快给我回信并且寄来《祖国纪事》，那就是第三件了；因为我作为外地订户，就像期待着划时代的大事一样期待着每一期杂志，恰如烦闷无聊的外省地主似的。你想要给我寄些历史著作。那可太好了。不过最好能给我寄来一部《圣经》（《新旧约全书》）。我很需要。如果可以寄来，那就寄法文译

本。如果再配上斯拉夫文本，那就好上加好了。

关于我的健康状况，不能说很好。我服用蓖麻油已经整整一个月了，而且只是靠着这种药物才勉强对付活着。我的痔疮坏到了不能再坏的程度，我还感到胸痛，这是以前从来没有过的。况且每到入夜的时候，就特别敏感，整夜做梦，没完没了，乱七八糟，此外，不久前开始，我一直觉得我脚下的地板在晃动，我坐在自己的房间里好像是在轮船舱里似的。我根据这一切判断，我的神经出了毛病。以前，每当出现激动不安的时刻，我就利用这种时机来写作，凡是处于这种状态，都能写得又好又多，可是现在我则克制自己，免得彻底断送自己。我有一段时间，大约三个星期左右，一个字也没有写；目前又开始写了。不过这一切也还都算不了什么，还可以活着。我想，我能恢复健康。

你在信中说，你认为莫斯科的亲戚们对我们的历险毫无所知，这简直让我吃惊。我想过，思考过，最后认定，这无论如何都不可能，他们肯定都知道了，不过是默不作声而已，我看是另有别有原因。况且也应该如此。事情是明摆着的。

艾米莉娅·费奥多罗芙娜的身体如何？她的不幸究竟是怎么回事！已经是第二个夏天了，她又不得不苦闷难忍！去年是因为发生霍乱，也还有别的原因，可是今年，上帝才知道是因为什么！哥哥，情绪消沉简直是罪过。满怀激情地加倍地工作——这才是真正的幸福。你必须工作，写作——没有什么比这再好的了！

你在信中说，目前文学界很不景气。可是最近几期的《祖国纪事》还跟以前一样，内容十分丰富，当然不是指小说部分。没有一篇文章阅读时不给人带来满足。科学栏目很出色。一部《秘鲁征服史》就是整部《伊利亚特》，简直毫不逊色于去年的《墨西哥征服史》。[1]

我怀着极大的兴趣读了分析《奥德赛》的第二篇文章；但这第二篇远远赶不上达维多夫的第一篇[2]。那是一篇很精彩的论文，特别是他反驳沃尔夫的那些段落，写得非常在行，而且又充满激情，很难想象一位研究古代史的教授会表现出这样的激情来。他在这篇论文中甚至避免了一般学者，尤其是莫斯科学者常有的那种学究气。

---

[1] 这两部书皆为美国历史学家威·普雷斯科特（1796—1859）所著，1848 和 1849 年先后译成俄文，刊载在《祖国纪事》杂志上。

[2] "第一篇"指的是《茹科夫斯基的〈奥德赛〉译文与原文之比较》，作者是师范学院的学生拉甫罗夫斯基，经莫斯科大学教授达维多夫加工，主要是反驳德国学者沃尔夫的观点。"第二篇"是《茹科夫斯基的最新诗作——两卷〈奥德赛〉》，作者为奥尔登诺夫。

哥哥，你由此可以看出，你那些书给我带来了莫大的愉快，我对你感激到无以复加的程度了。好啦，再见；祝你万事如意。尽早回信。你要是能给莫斯科的亲戚写封信，把我们的案子告诉他们，并且在形式上询问一下出售庄园一事的进展情况，那也不错。

亲吻所有的孩子。我想，时常带他们到夏园里去吧。向艾米莉娅·费奥多罗芙娜以及你所见到的一切熟人致意。你在信中说，想要看看我……迟早会的！好吧，再见。

你的费奥多尔·陀思妥耶夫斯基

写信告诉我，在《祖国纪事》发表文章的 Вл.Ч. 是何许人。还有：《祖国纪事》5 月号上分析沙霍娃的诗作的作者是谁。如果可能，可打听一下。

哥哥，我的钱将在 9 月 10—15 日之间用光。如果可能，你还得帮助我。所需不多。我跟索罗金在《穷人》的稿酬方面还有一笔账，但我忘记了有多少；数目是极其微不足道的。他差不多全都付清了。

费·陀思妥耶夫斯基

致米·米·陀思妥耶夫斯基

1849 年 9 月 14 日，彼得堡彼得保罗要塞

亲爱的哥哥，你的信、书（莎士比亚、《圣经》、《祖国纪事》）和钱皆已收到，谢谢你所做的这一切。你身体健康，我很高兴。我一切照旧。还是胃不好，还有痔疮。不知何时能痊愈。目前难熬的秋季月份已经来临，我的忧郁症也将随之到来。现在天气开始变坏了，从我的囚室里看出去，只能见到一小块明朗的天空——这似乎是对我健康身体和良好情绪的保证。可是我毕竟仍然活着，并且很健康。而这对我来说却是事实。因此关于我，请你千万不要往特别坏的方面去想。至于健康，目前一切皆好。我本来料想得更糟，现在看来，我身上储备了足够的生命力，是取之不尽的。

再一次对书籍表示感谢。这起码是一种消遣。我以自己的方式生活，差不多已经有五个月了，也就是说，我只靠着头脑而生，别无其他。目前机器还没有损坏，尚能运转。而且总是无尽无休地思考，只是单纯思考，没有任何外在印象能引起和支持这种思

考——这是很痛苦的！我仿佛是处在空气唧筒之下，不断从里面往外抽气。我的一切全都集中在头脑里，通过头脑转换成思想，一切，绝对的一切，虽然如此，这项工作还是一天一天地在加重。书籍虽然只不过沧海一粟，但毕竟有所帮助。而纯粹的工作好像是吸尽了最后的精力。尽管如此，我还是高兴这种工作。

我反复地阅读你寄来的书。尤其感谢你寄来了莎士比亚的著作。你怎么竟然猜到了这一点！《祖国纪事》上那部英国长篇小说非常好 [1]。可是屠格涅夫的喜剧却糟得让人难以容忍 [2]。他怎么会如此不幸呢？莫非是他命中注定必得以冗长的篇幅来糟蹋自己的每一部作品吗？我在这部喜剧里认不出他了。没有任何独到之处：老调重弹！在他之前都已经说过了，而且比他还好。只是偶尔才有点儿闪光的东西，但这也只是没有更好的东西的情况下才显得好一些。那篇关于银行的文章写得多么好呀！写得多么通俗易懂！

谢谢所有还都记着我的人。向艾米莉娜·费奥多罗芙娜和安德

---

[1] 指英国女作家夏洛蒂·勃朗特（1816—1855）的《简·爱》，俄文译本在 1849 年《祖国纪事》5—19 期上连载。

[2] 指《单身汉》。

烈弟弟致意，亲吻孩子们，尤其希望他们健康。哥哥，不知道我俩何时和怎样才能见面！再见，别忘记我。来信，哪怕是每隔两个星期来一封呢。

　　再见！

你的费·陀思妥耶夫斯基

1849 年 9 月 14 日

　　请你务必不要为我担忧。如果能弄到什么可读的东西，可寄来。

致米·米·陀思妥耶夫斯基

　　1849 年 12 月 22 日，彼得堡彼得保罗要塞

　　哥哥，我亲爱的朋友！一切都决定了。我被判处在要塞中劳动（好像是在奥伦堡）四年，然后充军当列兵。今天是 12 月 22

日，我们被押到谢苗诺夫校场。在那里有人向我们全体宣读了死刑判决书，让我们吻十字架，在我们头顶上折断军刀，给我们举行了死前穿尸衣（白衣）的仪式。然后分三人为一组，绑在行刑柱上，以便处决。我排在第六号，每次叫出三个人，也就是说，我是在第二组里，我活着的时间剩下不到一分钟了。我想起了你，哥哥，想起了你们全家：在这最后的一分钟里，我所想到的是你，只想到了你，我只是在这个时候才明白我是多么爱你，我亲爱的哥哥！我也来得及拥抱站在我身边的普列谢耶夫和杜罗夫，跟他们诀别。最后有人发出了停止行刑的信号，把绑在行刑柱上的人解下来，向我们宣布，皇帝陛下恩赐给我们生命。随后宣读了真正的判决书。只有帕里姆一人被赦免治罪。[1]他仍然返回军队，保留原有军衔。

刚才我得知，亲爱的哥哥，我们今天或者明天就要启程远行。我请求跟你见面。可是他们告诉我不准；我只能给你写这封信，你收到后抓紧时间，尽快回复。我担心你已经知道了我们的判决（死刑）。我们被押往谢苗诺夫校场时，我从车窗里看见人山人海；

---

[1] 阿·尼·普列谢耶夫（1826—1897），俄国诗人；谢·费·杜罗夫（1816—1869），俄国翻译家；亚·伊·帕里姆（1822—1885），俄国作家。此三人皆为彼得拉舍夫斯基小组成员，陀思妥耶夫斯基的难友。

也许消息传到你那里了，你为我而悲痛。如今你会为我而感到轻松一些。哥哥！我没有灰心丧气，没有萎靡不振。生活嘛，处处都有生活，生活就在我们自身，而不在外界。我的身边有人，在人们中间就该做个人，永远做个人，不管遭到什么不幸，都不要灰心丧气和萎靡不振——这就是生活，这就是生活的使命。我意识到了这一点。这个思想已经进入了我的血肉。这是真的！以前进行过创作的那颗脑袋，曾经靠着艺术的崇高生命而生，它意识到并且与精神的崇高需求融为一体，可是那颗脑袋如今已经从我的肩上被砍掉了。剩下来的只有回忆以及那些我还没能体现出来的形象。它们将会使我伤痕累累，这是真的！可是我的身上还留下了心灵和血肉，它也会爱，会痛苦，会希望，会记忆，这毕竟是生活呀！你会看见太阳的！[1]

好吧，别了，哥哥！不要为我悲伤！现在谈谈物品的处理：书籍（我把《圣经》留下）和我的某些手稿（一个剧本和一部长篇小说的提纲草稿以及已经完成的中篇小说《儿童童话》[2]）都被拿走了，很可能交给你。我的大衣和一件旧内衣也留下，你可派人来

---

[1] 这一句原文为法语。
[2] 即《小英雄》的原名。

拿去。现在，哥哥，我大概要走很远的路程，从一个接转站到另一个接转站。需要钱。亲爱的哥哥，你要是收到这封信，如果有可能弄到钱，那就立即寄给我。我现在需要钱胜过空气（由于环境特殊）。你也给我写几句。以后要是收到莫斯科的那笔钱——你关心关心我，别把我忘掉……好啦，就写这些吧！欠了债务，可是怎么办呢？！

代我吻别嫂子和孩子们。经常向他们提起我来，设法让他们别把我忘了。也许有朝一日我们会见面吧？哥哥，你和全家都多多保重，安静地生活吧，把眼光放得长远一些。多考虑考虑孩子们的前途……好好地过日子吧。

我从来没有像现在这样具有如此丰富而强烈的精神生活积累。可是不知道我的身体是否能受得了。我就要出发了，可是却患病了，生上淋巴结核。但也许能支持住！我在生活中已经经受了这么多考验，如今很少有什么能吓住我的。听天由命吧！一旦有可能，我就会把自己的情况告诉你。

向玛伊科夫一家转达我临别时最后的致意。告诉他们，我感谢他们全家对我的命运经常不断的关怀。代我向叶甫盖妮娅·彼得罗芙娜说几句话，尽可能热情一些，你的心会提示你说些什么。

我希望她幸福，将永远都怀着感激和尊敬的心情记着她。代我握尼古拉·阿波伦诺维奇和阿波伦·玛伊科夫的手，然后握所有人的手。

你找找雅诺夫斯基。代我握他的手，向他表示谢意。最后，与所有那些没把我忘记的人握手。要是有谁忘记了，你就提醒他。代我亲吻科里亚弟弟。给安德烈弟弟写封信，把我的情况告诉他。给姨夫和姨妈写信。我求你这么做，代我向他们问候。给姐妹们写信时告诉她们：我祝愿她们幸福！

也许我们还会见面，哥哥。保重自己，看在上帝的分上，好好生活吧，一定能和我见面。有朝一日我俩将相互拥抱，回忆我们从前青年的那个黄金时代，回忆我们的青春和我们的希望，我一瞬间把这一切带着鲜血从自己的心里拽了出来，把它埋葬了。

难道我永远都不能拿起笔来吗？我想，过了四年以后，将会可能。如果我能写出来什么，将把所写的一切都寄给你。我的上帝呀！有多少个形象受过重伤之后活了下来，经过我重新创造之后，又要死去，在我的头脑中消失，或者变成毒汁融入血液里！可是假如不准写作，我就宁肯死去。哪怕是坐上十五年监牢，只要是手里能握着笔，那也是好的。

请你经常给我写信，写得详细一些，多一些，全面一些。每封信里都多多写些家庭生活的详情细节，别忘记这一点。这将给我带来希望和生命。但愿你能知道，你的来信在这里的监狱中是多么鼓舞了我。这两个半月（最近的）以来，禁止通信，我非常痛苦。我有病。你没有按时给我寄钱来，这让我很为你难过：我知道，你也十分拮据！再一次亲吻孩子们，他们可爱的面容一直萦绕在我的头脑里。咳！但愿他们能够幸福！祝你幸福，哥哥，祝你幸福！

但你不要伤心，看在上帝的分上，不要为我悲伤。你要知道，我可是没有灰心丧气，你要记住，我没有失去希望。四年之后，命运将会有所好转。我将当上列兵——那时就不再是囚徒了，记住，我有朝一日定会拥抱你的。我今天本来已经到了死亡的门前，怀着这种想法足足度过了三刻钟，我只剩下最后一瞬间了，可是现在却再一次活着！

如果有人记得我的坏处，如果我跟什么人吵过嘴，如果我给什么人留下了不愉快的印象——你要是能够遇见他们，就让他们把这些忘掉吧。我的心里没有怨恨和愤怒，此时此刻，我多么希望爱和拥抱以前的熟人。这是一种愉快，我今天在死亡面前跟我的亲人诀别之际体验到了这种愉快。那时我心想，关于死刑的消息会让你悲痛欲绝。可是现在你可以放心了，我还活着，并且将来也会活着，只有一个想法：有朝一日我定会拥抱你的。我现在心中所想的只有这一点。

你正在干什么呢？你今天想什么了？你是否知道我们的情况？今天多么寒冷！

啊，但愿我的信能尽快送到你的手中。否则我将一连四个月得不到你的消息。我看到了一些纸包，这是你近两个月给我寄钱时用的；上面的地址是你亲手写的，你身体健康，我很高兴。

我一回顾过去，就想，白白地浪费了多少光阴，由于不善于生活而在迷误中，在错误中，在无所事事中虚度了；我是多么不知珍惜光阴呀，我有多少次违背自己的心灵而造孽呀——一想到这一点，我的心就剧烈疼痛。生活——是一种恩赐，生活——是一种幸福，每一分钟都可能成为一个幸福的时代。青年时期要是能知道就好了！[1]如今，我的生活变了，我要以另一种形式再生。哥哥！我向你发誓，我绝不会丧失希望，我将让我的心灵和精神保

---

[1] 这一句原文为法语。

持纯洁。我将在好的方面获得再生，这就是我的全部希望，就是我的全部安慰。

监狱的生活已经摧毁了我那些不完全纯洁的肉体需求，我从前很少爱护自己。如今困苦在我来说算不得什么，因此你不必担心，别以为物质上的艰难困苦会使我潦倒。这是不可能的。啊，但愿身体健康！

别了，别了，哥哥！我还要给你写信的！你将收到我的信，我将尽可能详细地禀报旅途中的情况。只要是能保持身体健康，在那里也会一切平安！

好啦，别了，别了，哥哥！紧紧地拥抱你，亲吻你。记住我吧，心里不要悲痛。别难过，请你不要为我难过！我将在下一封信里告诉你我生活的情况。记住我对你说的话：珍惜自己的生活，别浪费它，安排好自己的命运，多关心孩子们。——咳，但愿有朝一日，有朝一日能见到你！别了！凡是我觉得可爱的，现在我都要离开了；抛弃它很痛苦！把自己折成两半，把心割成两半，是痛苦的。别了，别了！但我一定会见到你的，我深信，我期望，你不会改变，你会爱我的，你不会让自己的记忆冷漠，想到你的爱，将是我生活的美好部分。别了，再一次向你告别！向所有的人告别！

你的弟弟费奥多尔·陀思妥耶夫斯基

1849 年 12 月 22 日

　　我被捕时有一些书给抄走了。其中只有两本是禁书。你能否把其余的弄回来给自己用？可是有一个要求：这些书中有一本《瓦列利安·玛伊科夫著作集》，是其评论集，叶甫盖妮娅·彼得罗芙娜的藏本。她是把这本书作为自己的珍贵物品赠送给我的。我在被捕时曾要求宪兵军官把这本书归还给她，并且把地址交给了他。不知他是否已经归还给她了。你询问一下。我不愿意剥夺她这一回忆。别了，再一次告别。

你的费·陀思妥耶夫斯基

　　我不知道，押解途中是步行还是乘车。好像是要乘车。可能！

　　再一次：握艾米莉娅·费奥多罗芙娜的手，亲吻孩子们。——向克拉耶夫斯基致意，也许……

关于你被捕、坐牢和获释的情况，请你来信时详细谈谈。

背面：

致米哈伊尔·米哈伊洛维奇·陀思妥耶夫斯基，涅瓦大街，肮脏街对面，涅斯林德楼

致米·米·陀思妥耶夫斯基

1854 年 1 月 30 日—2 月 22 日，鄂木斯克

看来，我终于能够和你比较广泛而又确切地谈谈了。但写这封信之前，我先要问你：看在上帝的分上，你告诉我，你为什么至今连一个字都没给我写呢？这岂不是出乎我的意料吗？你可相信，我在这种孤独的和与世隔绝的状态中，曾经有过好几次陷入真正的绝望，以为你已不在人世了，那时我整夜整夜地思考，你的孩子们可怎么办，我诅咒自己的命运，不能对他们有所帮助。后来，当我得知一个大概的消息，得知你还活着，我甚至是愤恨极了（但这是发

生在病态的时刻，这种时刻在我是常有的），我痛苦地责备你。可是后来也就平息了；我原谅了你，尽力做出种种辩解，想到最好的方面，也就心情平静了，一次也没有失去对你的信任。我深知，你是爱我的，你会不断地怀念我。我曾经通过我们的司令部给你写过信。这封信大概应该到达你的手里，我等着你的回信，可是没有收到。莫非是禁止你写信吗？本来是准许的，这里所有的政治犯每年都收到好几封信。杜罗夫收到了好几次，并且多次请求长官准许写信，也都获准。看来，我猜到了你沉默的真正原因。你为人死板，不到警察局去请求准许，即使是去过，也许第一次遇到一个不明事理的人，遭到拒绝之后便不再努力了。你也就给我造成了许多痛苦，这完全是由于自私而产生的："你看呀，"我想，"既然他连写信的事都不肯去张罗奔走，难道他能够为我张罗比较重要的事吗！"请你尽快回信，首先通过官方途径邮寄，不要等待机会，写得详尽而广泛一些。我现在脱离开你们，好像是被割除的肢体——我想要长到肌体上去，可是无能为力。不在场的人总是有错。[1] 难道我们之间应该发生这种事吗？不过你尽可放心，我是相信你的。

---

[1] 这一句原文为法语。

我离开苦役监狱已经有一个星期了 [1]。这封信是在极其秘密的情况下寄给你的，你对任何人都得只字不提。同时，我还要通过官方，即西伯利亚兵团司令部寄给你一封信。你可通过官方途径立即回信，而回复本信则要选择合适的机会。而你在通过官方的回信中应该最详尽地谈谈自己在这四年中的情况。至于我的情况，我倒是很乐意给你写上几大厚本。不过在这封信里未必有时间，所以只能写最主要的。

什么是最主要的呢？近年来，对于我来说，究竟什么是主要的呢？只要这么一想，就明白了，我在这封信里根本就无法写完。真不知如何向你表达我的思想、观念，我的一切感受以及我在这整个时期所确立的信念和所进行的思考。我不准备这么做。这种写法简直行不通。我做任何事都不喜欢半途而废，而随便说说又毫无意义。一份主要的报告呈现在你的面前。你就读吧，从中汲取你所喜欢的东西吧。我有责任这么做，因此我就开始回忆。

你可记得你我二人是如何告别的，我亲爱的，我最可爱的？ [2]

---

[1] 1854 年 1 月 23 日，陀思妥耶夫斯基服苦役期满。

[2] 陀思妥耶夫斯基启程赴西伯利亚之际，曾于 1849 年 12 月 24 日在彼得保罗要塞与哥哥见面。

你刚刚离开我,我们三人——杜罗夫、雅斯特尔任勃斯基和我,就被押去给戴镣铐。12点整,亦即正当圣诞节之际,我第一次戴上镣铐。镣铐有10俄磅[1]重,行走极其不方便。然后我们坐上敞篷雪橇,每人一辆,由一个宪兵看押,共有四辆雪橇,押解官在最前面,我们就从彼得堡出发了。我感到心情沉重,感慨万端,惘然若失,心慌意乱,因此心里隐隐作痛,不禁暗自悲伤起来。但新鲜的空气使我振奋,又因为通常在生活中每迈出新的一步之前往往都感到精力充沛、朝气蓬勃,所以我实际上很平静。经过一栋栋被节日的灯火照得通明的房子,我聚精会神地看着彼得堡,跟每一栋房子告别。我们也经过了你的住宅,克拉耶夫斯基家里灯火辉煌。你曾告诉过我,他家举行圣诞晚会,孩子们和艾米莉娅·费奥多罗芙娜前去参加,因此我在这栋房子前感到异常难过。我好像是在跟孩子们告别。我可怜他们,后来过了几年,我多次想起他们,几乎每一次眼里都涌出了泪水。我们朝着雅罗斯拉夫尔方向行驶,因此早晨已经经过了三四个驿站,天刚亮时,我们在施里谢尔堡停下,在一家旅店歇脚。喝早茶时,我们拼命

---

[1] 1 俄磅约为 0.41 千克。

地吃，好像是整整一个星期没有吃过东西似的。在八个月的囚禁之后，我们在这寒冬里又走了60俄里[1]的路程，实在是饿坏了，现在回想起来不免好笑。我当时很快活，杜罗夫唠叨个不停，而雅斯特尔任勃斯基则觉得前途异常可怕。我们都仔细地观察和试探我们的押解官。原来这是一个很出色的老人，他心地善良，对我们很爱护，关怀备至，他是个见过世面的人，当年传送外交信函时跑遍了欧洲各国。他的名字叫库兹玛·普罗科菲耶维奇·普罗科菲耶夫。而且他让我们改乘了带篷的雪橇，这对我们非常有益，因为天气特别寒冷。第二天过节，车夫们穿上德国灰色呢子的上衣，腰上扎着红色宽腰带，坐在我们的雪橇上，村子里的街道上不见一个人影。这是一个非常美好的冬日。我们行驶在荒野里，沿着彼得堡、诺夫哥罗德、雅罗斯拉夫尔等大道。偶尔经过几个不太重要的城镇。但我们正赶上过节，因此所到之处都有吃有喝。我们都冻坏了。本来穿得很暖和，可是一坐就是十来个小时，不从篷子里出来，连续走过五六个驿站，这几乎是无法忍受的。我全身都冻透了，后来到了温暖的屋子里，才勉强暖和过来。

---

[1] 1俄里约为1.07公里。

可是很奇怪：旅行反倒使我完全康复了。在彼尔姆省，我们熬过一个气温40度[1]的寒冷之夜。我劝你可别这么干。相当难受。穿越乌拉尔时遇上了不痛快的事，马匹和雪橇都陷进雪堆里了。正在刮着暴风雪。我们都从雪橇里钻出来，这是发生在夜里，我们只好站在那里，等着把雪橇拖出来。周围大雪纷飞，狂风呼啸；此地是欧洲的边界，再往前就是西伯利亚，神秘莫测的命运在那里等待着我们，过去的一切已经留在身后——令人感到悲伤，我不禁掉下了眼泪。一路上，每逢经过一个村子，全村的人都倾巢而出，观看我们，虽然我们披枷戴镣，驿站上索取我们的费用却非常昂贵。库兹玛·普罗科菲伊奇一个人自费承担了几乎是我们全部开销的一半，而且是强行支付的，这样一来，我们每人全程仅仅花了15个银卢布。1月11日，我们抵达托博尔斯克，长官对我们进行验收和搜查，我们所有的钱全被抄去，然后，我、杜罗夫和雅斯特尔任勃斯基被关进特别牢房，其他的人，斯佩什涅夫[2]等，先于我们到达，关在别的地方，我们几乎是一直没能彼此相见。我们在托博尔斯克滞留了六天，我非常想比较详细地说

---

[1] 此处指华氏度，约4摄氏度。

[2] 尼·亚·斯佩什涅夫（1821—1882），彼得拉舍夫斯基小组的主要成员之一。

说在此地停留的情形及其给我留下的印象。可是这里不便谈。我只想说一点，我们得到了同情，受到最热情的关怀，几乎是感到了最大的幸福。旧时代的流放者[1]（即是说，不是他们，而是他们的妻子）把我们当成亲人，关心我们。多么美好的灵魂，经受了二十五年的痛苦和自我牺牲。我们看见了他们，但时间短暂，因为我们受到严厉的看管。但他们给我们送来了食品、衣服，并且安慰和鼓励我们。我启程时没带行李，甚至没有携带衣服，很后悔……他们甚至给我送来衣服。最后，我们终于离开了，三天以后到达鄂木斯克[2]。早在托博尔斯克我就听说了我们未来顶头上司的有关情况。要塞司令为人很正派，可是克里甫佐夫少校却是个少有的坏蛋，是个小强盗，是个恶棍和酒鬼，卑鄙得不能再卑鄙了。[3]一开始，他就痛骂我和杜罗夫，因为我们的案子而称我们二人为浑蛋，并扬言只要我们稍有疏失，就要对我们进行体罚。他当少校已有两年，做尽了骇人听闻的坏事。两年后，他被送上法庭，上帝把我从他手里解救出来。他每一次突然闯来时总是喝得

---

[1] 指被流放到托博尔斯克的十二月党人。

[2] 陀思妥耶夫斯基于 1850 年 1 月 23 日被押解到鄂木斯克苦役监狱。

[3] 陀思妥耶夫斯基后来在《死屋手记》中以此人为原型，塑造了绰号为"八只眼"的少校形象。

醉醺醺的（我没有见到过他不醉的时候），对本来没有喝醉酒的囚徒吹毛求疵，硬说他喝得烂醉如泥，并因此而毒打他。有时夜里查监，有人因为不是向右侧着身子睡觉，有人因为夜里叫喊或说梦话，总之，因为他那醉醺醺的头脑所能想出的一切罪名而遭毒打。跟这样的人一起生活，就得设法相安无事才是，而这个人每个月都往彼得堡写报告，对我们做出鉴定。我早在托博尔斯克就接触到了苦役犯，而在这里，在鄂木斯克却得住下来，跟他们一起生活四年。这些人性情粗暴，易动肝火，凶狠残忍。他们憎恨贵族，已经超过了极限，因此他们对待我们这些贵族非常仇视，对我们的痛苦幸灾乐祸。如果把我们交给他们处理，他们就会把我们吃掉。况且想想看，跟这些人饮食起居都在一起，共同生活长达数年之久，遭受的各种屈辱数不胜数，却无处可以诉说，在这种情况下能够得到多少保护呢。"你们贵族都是铁嘴，把我们啄死了。以前是老爷，折磨百姓，而如今下场比他们还糟，跟我们成了难兄难弟"——这就是四年来他们一直嘲弄我们的话题。对一百五十个敌人进行迫害，对他们来说是不会疲倦的，他们感到很开心，把这当作一种营生，借以取乐。如果说我有什么办法可以解除痛苦，那就只能是漠然对待，不予理睬，显示出道德上的优越感（他们对此不能不理解，并且加以尊重），不屈服于他们的意志。他们经常都能意识到，我们比他们优越。他们对我们的罪行毫无所知。我们自己也闭口不谈，因此相互间不能理解，结果是我们就不得不忍受他们对贵族阶级的各种报复和迫害，他们不这样就不能活。我们的生活极其糟糕。军事苦役比民事苦役更加艰苦。整整的四年我一直是在监狱中度过的，生活在高墙里边，只有干活时才外出。劳动非常艰苦，当然并非经常如此，我有时累得精疲力竭，这往往是在潮湿泥泞的阴雨天，或者在严寒刺骨的冬季。有一次紧急出工，可能是零下40度[1]，水银都冻结了，我一直干了四个小时。我冻伤了脚。我们住在一个牢房里，大家都挤在一起，拥挤不堪。你可以想象一下，一栋破旧的木房，早就该拆除了，已经不能使用。夏天气闷，冬天寒冷，让人无法忍受。所有的地板都腐烂了。地板上面有一层厚厚的污泥，走上去打滑，可能摔倒。小小的窗户上结着白霜，几乎是整天都不能阅读。玻璃上盖着一层厚厚的冰。从天棚上往下滴水——四面透风。我们像是装在木桶里的鲱鱼。炉子里烧着六块劈柴，却没有热乎

---

[1] 此处也指华氏度，恰好等于零下 40 摄氏度。

气（屋子里的冰勉强融化了），但一氧化碳却叫人无法忍受——整整一个冬天都是这样。囚徒们还在牢房里洗衣服，溅得小小的牢房处处都是水。连转身的地方都没有。从黄昏到黎明，一直不能出去解手，因为牢房是上锁的，门斗里放着一个双耳木桶，因此臭气熏人，难以忍受。所有的苦役犯都像猪一样，发散着臭味，而且还振振有词，说什么不能不脏，因为是"活人"。我们是在光秃秃的木板床上睡觉的，只允许有一个枕头。身上盖着很短的半截皮袄，两条腿整夜裸露着。一整夜都冻得浑身发抖。跳蚤、虱子和蟑螂多得可以用斗装。冬天，我们穿着半截皮袄，往往质量低劣，几乎是不保暖，脚上穿的靴子靴筒很短——你却得在冰天雪地里行走。我们吃的是面包和菜汤，规定每人有四分之一俄磅牛肉；可是牛肉都是切碎了放进菜汤里的，我从来也没有见到过。过节时，粥里几乎完全不放奶油。斋戒期，白水煮包心菜，几乎再就什么都没有了。我的胃受到严重损害，病了好几次。你算算看，没有钱能活吗，假如没有钱，我就必定得死，任何人，任何一个囚徒都承受不了这种生活。不过人人都得想法做点儿什么东西，卖掉之后，手里能有几个小钱。我喝茶，有时自己买一小块牛肉吃，这才救了我的命。不抽烟也是不行的，因为在这种气闷的空气中会窒息而死。这一切都得偷偷地做。我时常患病住在医院里。我由于神经失调而癫痫发作[1]，不过次数不多。我的腿上还患有关节炎。此外，我感觉自己相当健康。除了所有这些不愉快，还得加上一些，首先是几乎不可能有书读，即使能弄得到，也得偷偷阅读。另外，在你周围是无尽无休的仇视和争吵、谩骂、喊叫、吵嚷、喧哗，你永远处于看押之下，任何时候都不能独处一隅，这四年中没有任何变化——如果说过去很糟，那确实是可以原谅的。此外，随时随地都得谨小慎微，镣铐在身，精神完全受到压抑，这也就是我的生活方式。至于我的灵魂，我的信仰，我的智慧和内心在这四年中发生了什么变化，我就不对你说了。讲起来得花很长时间。可是永远封闭在自我之中，借以逃避痛苦的现实，这也结出了果实。我如今有许多需求和希望，我以前从来也没有想到过这些。但这一切还都是个谜，因此就避而不谈吧。只提出一点：你别把我忘了，要帮助我。我需要书籍和钱。看在基督的分上，给我寄来。

鄂木斯克是个令人讨厌的小镇。几乎是没有树木。夏天酷热，

---

[1] 折磨陀思妥耶夫斯基一生的癫痫症，就是从这时开始的。

还有风沙，冬天则刮暴风雪。我没有见到过大自然。小镇很肮脏，是个军事驻地，腐化到了极限。我说的是平民。如果在这里找不到真正的人，我就得彻底毁灭。康·伊·伊万诺夫[1]对我来说如亲兄弟。他为我做了他所能做的一切。我欠他钱。如果他到彼得堡去，你要谢谢他。我欠他25个银卢布。他随时都准备满足我的任何要求，像亲兄弟一样关心和爱护我，可是对于他的这种殷勤得怎样报答呢？而且还不止他一个人！哥哥，世上有很多高尚的人。

我已经说过，你的沉默有时使我很痛苦。谢谢寄来的钱。你写第一封信的时候（哪怕是通过官方途径邮寄也好，因为不知道我是否有可能向你传递消息），要比较详细地告诉我你的全部情况，艾米莉娅·费奥多罗芙娜、孩子们、所有的亲属和熟人、莫斯科的人，谁还健在，谁已不在人世。谈谈你的生意，谈谈你用多少资本做起生意来了，是否赢利，你是否有了资产。最后一点，你能否资助我，每年有能力寄给我多少钱。可是不要在通过官方途径邮寄的信件里寄钱，也许我将另外为你找个通信地址。你可暂时使用米哈伊尔·彼得罗维奇的名字转寄（明白吗？）。不过我

---

[1] 康士坦丁·伊万诺维奇·伊万诺夫，军事工程师，当时正在鄂木斯克任职，陀思妥耶夫斯基苦役刑满获释后曾住在他家里。

现在还有一些钱，可是没有书。如果可能的话，把全年的杂志给我寄来，哪怕只有《祖国纪事》也好。还有一件事是必不可少的：我需要（极其需要）古代的（法文译本）和现代的历史学家、经济学家和教会神甫的著作[1]。你可挑选最便宜的小开本的版本。马上就寄来。我被派往塞米巴拉金斯克去，这已经快要到吉尔吉斯草原了。我将把地址寄给你。不管怎么的，先抄录一个：塞米巴拉金斯克，西伯利亚常备军第7营列兵收。这是官方的地址。可按这个地址邮信。但为了邮书，我另给你寄。而目前你可暂时以米哈伊尔·彼得罗维奇的名义写信。你得了解我所需要的第一本书——它是德语词典。

不知在塞米巴拉金斯克有什么在等待着我。我对这种命运已不在乎。可是有一件事却不能漠不关心：你可为我奔波奔波，求求人。能否在一两年之后把我调到高加索去——那里毕竟是俄国呀！这是我最热烈的希望，看在基督的分上，求求人吧！哥哥，别忘记我！你瞧，我在给你写信，在支配你的一切，甚至你的财产。我对你的信任并没有熄灭。你是我的哥哥，你爱过我。我需

---

[1] 维科、基佐、梯叶里、梯也尔、兰克等等。——陀思妥耶夫斯基原注

要钱。我得活下去，哥哥。不能让这几年白白地过去。我需要钱和书籍。你在我身上所花费的——不会白花。你如果给了我，绝不会让自己的子女最后一无所有。只要我活着，就能加倍地偿还给他们。六年以后，或者有可能更早一些时候，我就能获准发表作品。许多事情都会发生变化的，我现在不是胡说八道。你定会听到我的情况的。

我们很快就会见面，哥哥。我对此就像对 2×2 一样深信不疑。我心里清清楚楚。我的整个未来，我将要完成的一切，现在都摆在我的眼前。我满意自己的生活。只有一点不能不叫人害怕：人和专横。要是遇上一个这样的长官，他对人怀恨在心（有这样的），无缘无故地找麻烦，利用职权坑害人，或者置人于死地，而我又软弱无力，那当然，就没有能力经受住当兵的全部痛苦。人们鼓励我说："那里的人都很单纯。"单纯的人比复杂的人更叫我害怕。不过，无论在哪里，人毕竟都还是人。我在苦役地和强盗们一起生活了四年，终于学会了分辨人。你可相信：有的人性格深沉，坚强有力，心灵美好，在那种粗糙的外壳下面寻找黄金，是多么令人愉快。这样的人不是一两个，而有好些个。有些人不能不让人尊敬，另外一些人简直就是美好的。我曾教过一个年轻的契尔克斯人（他是因抢劫而遭到流放的）学习俄语和识字。他对我是多么感激不尽！另一个苦役犯跟我分手时竟然哭了起来。我曾给过他钱——但数目微乎其微。可是他对此却无限感激。不过我的脾气变坏了：我对他们很挑剔，没有耐心。他们尊重我的精神状态，毫无怨言地忍受着。顺便说说。我从苦役监狱里带出来多少人民的典型性格！我和他们生活在一起，相处很熟，因此我觉得非常熟悉他们。有多少流浪汉和强盗以及一般平民的痛苦生活的故事！足以写出几本书来。多么好的人民呀。一般说来，时间对于我来说，没有虚度。假如说我不了解俄国，可是却非常了解俄国人民，了解得如此深透，能了解到这种程度的人也许是不多的。这可以说是我的小小自豪！但愿我的这种虚荣心是可以原谅的。

哥哥！来信一定要讲讲你的生活全部主要情况。寄往塞米巴拉金斯克，可通过官方途径，也可不通过官方途径，你酌情而定。谈谈我们在彼得堡所有的熟人，谈谈文学界（多一些细节），最后再谈谈莫斯科的亲属。科里亚弟弟如何？萨申卡妹妹如何（这也是主要的）？姨夫是否还健在？安德烈弟弟如何？我有机会的话，将通过薇罗奇卡妹妹给姨妈写封信。这封信是秘密的。看在上帝的分上，你对我的这封信要保密，甚至可烧掉，不要连累别人。

不要忘记给我寄书，亲爱的朋友。主要的是：历史和经济学著作、《祖国纪事》、教会神甫的著作和教会史。可分期分批地寄，但务必马上就寄。我支配你的钱袋就像支配自己的一样，但这是由于我不了解你的钱财状况。来信谈到这种状况时，可说得精确一些，以便能让我心中有数。不过，哥哥，你得了解，书籍——这就是我的生命，是我的粮食，是我的前途！看在上帝的分上，你不能不管我。我请求你！你去请求批准，问问是否可以通过官方途径寄书给我。而且要谨慎从事。如果准许通过官方途径，你就寄出来。如果不准许，则可寄给康士坦丁·伊万诺维奇的弟弟，由他转寄给我。而且康士坦丁·伊万诺维奇将亲自赴彼得堡——今年，他会向你讲述一切情况。他的家庭可真好！他的妻子多么好啊！这位年轻的女士是十二月党人安年科夫的女儿，心地善良，灵魂美好，他们经受了多少苦难！

我一星期以后就启程赴塞米巴拉金斯克，我将努力在那里为你另找一个通信地址。我还有点儿不舒服，因此耽搁了一些时候。给我寄来一本《古兰经》、康德的《纯粹理性批判》，如果有可能通过非官方途径转寄，那就一定要寄来黑格尔的著作，特别是黑格尔的《哲学史》。我的整个未来都与此息息相关！不过，看在上帝的分上，你要努力求人把我调到高加索去，再向内行的人打听一下，我是否可以发表作品，如何申请。过个两三年，我就要申请。在这之前，只好请求你来养活我。没有钱的话，当个大兵，我就得被折磨死。你可留心一下！别的亲戚是否能帮助我，哪怕一次呢？如果能有这种情况，让他们把钱交给你，你再转寄给我。而我在给薇罗奇卡和姨妈的信中不想向她们提出这种请求。她们如果是有心人的话，自己会料到的。

费里波夫赴高加索时，曾赠送给我 25 个银卢布。他把钱留给司令官纳博科夫，因此我不知道。他以为我将没钱花。一个善良的灵魂。我们这些流放犯过得还都说得过去。托尔服满苦役了，住在鄂木斯克，生活得很体面。雅斯特尔任勃斯基在塔拉，也快要刑满了。斯佩什涅夫在伊尔库茨克省，受到普遍的爱戴和尊敬。这个人的命运可真奇妙！不管他何时以及以何种身份出现，一些最天真的人，最不开窍的人马上就会把他包围起来，对他表示尊敬和崇拜。彼得拉舍夫斯基跟从前一样，思想不健全。蒙别利和里沃夫很健康，而格里高利耶夫却很可怜，精神完全错乱了，住在医院里。你们那里如何？你能见到普列谢耶夫夫人吗，她的儿子如何？我从过路的囚犯那里听说，他被关押在奥尔斯克要塞里，还活着，而戈洛文斯基早就到高加索去了。[1] 你的文学创作如何，在文学界里地位如何？你在写什么东西吗？克拉耶夫斯基如何，你跟他的关系如何？我不喜欢奥斯特洛夫斯基，庇谢姆斯基的东西我根本不读，德鲁日宁让人恶心，叶甫盖妮娅·屠尔使我赞叹不已。也喜欢克列斯托夫斯基。

本想要多给你写一些；可是已经花了很多时间，我写这封信甚至感到很为难。但我们二人彼此的关系不可能发生变化。亲吻孩子们。他们还都记得费佳叔叔吗？向所有的熟人致意，但这封信要严加保密。别了，别了，我亲爱的！你会听到我的情况的，也许你能够见到我。我们一定能够见面！别了。好好读读我写给你的一切。经常给我写信（哪怕是通过官方途径也好）。拥抱你和你的全家，拥抱无数次。

你的

---

[1] 帕·尼·费里波夫（1825—1874）、费·托尔（1823—1867）、尼·亚·蒙别利（1823—1902）、费·尼·里沃夫（1823—1885）、尼·彼·格里高利耶夫（1822—1886）等，皆为彼得拉舍夫斯基小组的成员，米·瓦·彼得拉舍夫斯基（1821—1866）则是该小组的创建者。

又及：你收到了我在狱中写的《儿童童话》吗？如果在你手中，你不要处置它，也不要拿给任何人看。1850 年发表《二重人格》的那个切尔诺夫是何许人？对了，给我寄些香烟来，不必太好的，但要美国的和大白秆，一定得是送给我的。

2 月 22 日

看来，我明天也许会去塞米巴拉金斯克。康士坦丁·伊万诺维奇还要在这里待到 5 月。我想，你如果想要转寄一些东西——譬如书籍，你可以还用以前的米哈伊尔·彼得罗维奇这个名字寄来。

到了塞米巴拉金斯克之后，我可能另外给你一个地址（非官方的）。你一定要通过官方途径给我写信，尽可能快一些，经常一些。看在上帝的分上，为我奔波奔波，不能调到高加索去吗，或者让我离开西伯利亚吗？我现在就要动手写作长篇小说和剧本，还要多多地，多多地阅读。别忘记我，再一次向你告别。亲吻孩子们。你的。再见。

《当代》杂志征求 1861 年度订户启事 [1]

文学和政治月刊《当代》将于 1861 年 1 月创刊，

每期皆为大开本，篇幅为 25—30 页

在申明为什么认为有必要在我们文学界创办一个新的公开刊物之前，首先谈谈我们如何理解当代，亦即我国社会生活的现阶段。这有助于阐明本刊的精神和方向。

我们所生活的这个时代，最为引人注目，而且危机四伏。我们不准备一一列举近年来我国思想界一致提出的那些新的思想和俄国社会的各种要求，借以证明我们的想法，也不准备涉及当代

[1] 1860 年 7 月，陀思妥耶夫斯基与其兄米·米·陀思妥耶夫斯基获准创办文学政治月刊《当代》，本文写于同年 9 月，刊登在当时圣彼得堡各大报纸上。杂志于 1861 年 1 月正式创刊，1863 年 5 月 24 日因刊登斯特拉霍夫论述波兰革命的文章《至关重要的问题》而被沙俄当局查封。

最大的农民问题[1]……这一切只不过是一次巨大转折的表面现象和征兆，这次转折马上就要在我们全国范围内和平而协调地发生，尽管就其意义来说，不能与我国历史上一切最重大的事件，甚至与彼得的改革相提并论。这次转折就是知识界及其代表人物与人民的基础的融合，就是全体伟大的俄国人民对我国当前生活一切方面的参与——人民早在一百七十年前就躲开了彼得的改革，从那时起一直与知识阶层相脱离，而知识阶层则独自过着自己特殊的和独立的生活。

我们提到了现象和征兆。其中最重要的无疑是关于改善农民生活的问题。如今已不再是数千，而是数百万俄国人将参与俄国的生活，把自己丰富而充沛的精力注入其中，并说出自己新的见解。我国不同于西欧各国，作为我国生活未来发展基础的，不是各个阶层的敌对，不是战胜者和战败者的敌对。我们不是欧洲，在我国不会有，而且也不应该有战胜者和战败者。

彼得大帝的改革让我们付出的代价太大了，它把我们跟人民给分开了。人民从一开始就拒绝它。改革给人民所留下的生活形

---

[1] 指废除农奴制问题。

式不符合他们的精神，不符合他们的意向，不合乎他们的标准，对于他们不适宜。他们把这次改革叫作德国的，把这位伟大沙皇的追随者叫作外国人。人民与上层社会、与其首领和引路者在精神上分裂了，仅此一点就足以表明当年我国新的生活付出了多么昂贵的代价。然而，人民与改革分道扬镳以后并没有萎靡不振。他们不止一次地显露出自己的独立性，尽了极大的、近于疯狂的努力，因为他们孤立无助，单独行动是很困难的。他们在黑暗中前进，但顽强地坚持了自己的道路。他们认真地思考自己，思考自己的处境，试图创造自己的观点体系，自己的哲学，分化成各种畸形的秘密教派，为自己的生活探寻新的出路和新的形式。我们的人民经受了艰苦的磨难，自己为自己探索新的道路，可是当他们走上新的道路时，又不可能离开旧的岸边驶出很远，不可能更大胆地焚毁自己的旧船。因此，人们把他们称作彼得改革前的旧形式、旧礼仪派的顽冥不化的维护者。

人民没有领路人，单单依靠自己的力量，他们的思想当然有时不免很奇特，他们建立新生活的企图也难免不成体统。可是他们却有着共同的基础、统一的精神，他们的自信心是不可动摇的，他们的力量是无穷无尽的。改革以后，在他们和我们——亦即有教养的阶层——之间仅仅有过一次联合，就是1812年[1]，那时我们看到了人民是如何表现自己的力量的。我们当时懂得了他们是什么。糟糕的是他们却不了解我们，而且也不理解。

可是现在，脱节该结束了。彼得的改革一直持续到我们当代，终于走到自己的尽头。继续前进已不再可能，已无处可走：没有道路，这条道路业已走完。所有追随彼得的人都了解了欧洲，虽然没有变成欧洲人，但也都接受了欧洲的生活。从前我们曾经责怪自己没有能力适应欧洲主义。现在我们已经不再这么认为了。我们现在认为我们也不可能成为欧洲人，我们不该硬是把自己装进某一种西方生活形式之中，那些西方生活形式是欧洲在自己本民族的基础上长期形成的，跟我们格格不入、背道而驰——犹如我们无法穿他人的衣服一样，那不是按照我们的尺寸缝制的。我们终于确信我们也是个单独的民族，是高度独特的，我们的任务，就是为自己创造一种新的形式，自己所独有的，植根于我们的土壤之中的，从人民的精神和人民的基础之中撷取的。可是我们回归故土并不是战败者。我们不拒绝我们的过去：我们意识到了它

---

[1] 指1812年抗击拿破仑入侵的卫国战争。

的合理性。我们懂得，改革开阔了我们的视野，通过改革我们明白了我们未来在各民族大家庭中的意义。

我们知道现在已没有什么万里长城使我们与其他人类隔绝。我们预测到，并且怀着崇敬的心情预测到，我们未来活动的性质应该是高度全人类性的，俄国的思想可能会把欧洲各个民族以顽强和英勇精神所发挥的那些思想综合起来，这些思想之间的敌对或许会在俄国的人民性中得到和解和进一步发展。无怪乎我们能讲各种语言，掌握了各种文明，同情每个欧洲人民的利益，理解跟我们完全格格不入的那些现象的意义及其合理性。无怪乎我们在自我责备方面表现出的这种力量使所有的外国人震惊。他们为此而指责我们，称我们为无个性的、没有祖国的人，而没有注意到我们暂时离开土壤是为了更清醒和更冷静地观察自己，这种能力本身就是一种最大的特殊性的特征；以容忍的态度看待别人的事，这种能力是大自然最大的和最高尚的褒奖，只有为数不多的民族才能获得。外国人还没开始具备我们这种无限的力量……可是，现在我们可能是也在步入新的生活。

正是在步入新生活的前夕，彼得改革的追随者们与人民的基础的和解是势在必行。我们在这里所说的并非是指斯拉夫派和西欧派。[1] 我们这个时代对于他们之间这种家里人的纷争完全漠然置之。我们说的是文明与人民基础的和解。我们觉得双方终于应该相互理解了，应该消除一切误解，彼此之间大概积累了许许多多误解，然后共同努力，步伐协调一致地走上新的宽广的光明大道。不管有任何牺牲，无论如何也必须实现联合，而且还要尽快地实现——这就是我们的思想宗旨，这就是我们的口号。

可是，与人民的接触点在哪里呢？如何迈出接近人民的第一步呢？这就是问题，凡是对俄国的名字感到珍贵的人，凡是热爱人民并珍惜他们的幸福的人，都应该共同关心这个问题。而人民的幸福，也就是我们的幸福。不言而喻，为达到任何一项共识而迈出的第一步，都离不开识字率和教育。如果事先对此不做好准备，人民便永远不能理解我们。别的道路是没有的，我们清楚，我们这么说，并没有说出任何新东西来。可是有教养的阶层暂时还没有迈出第一步，他就应该利用这种状况，而且要努力充分利用，加强教育的普及，而且尽一切可能尽快进行——这就是我们当代的主要任务，是一切活动的第一步。

---

[1] 斯拉夫派和西欧派，19 世纪中期俄国思想界中的两个派别，前者主张俄国应该发扬本民族固有的传统，后者则主张走西欧的资本主义道路。

我们仅仅说了本刊主导的思想宗旨，提到了它未来活动的性质和精神。可是，还有另一个原因促使我们创办这个独立自主的文学刊物。我们早就发现，近年来在我们报刊界发展了一种自愿屈从于文学权威的特别依附性。当然，我们并不想指责我们的报刊界贪图私利和卖身投靠。在欧洲文学界，处处都有为了金钱而出卖自己信仰的报刊，这些报刊仅仅因为能得到更多的金钱便卑鄙地不断更换效劳的主子，可是在我国却没有这种报刊。然而，我们也要指出，出卖自己的信仰也可能不是为了金钱。譬如说，由于某种根深蒂固的奴颜婢膝而可能出卖自己，或者由于害怕不随声附和文学权威而被人当成蠢材，也可能出卖自己。一些平庸之辈即使是不怀有自私自利的目的，但在文学界某些台柱子所认可的舆论面前有时也会胆战心惊，尤其这类舆论如果是狂妄傲慢的和厚颜无耻的，就更会如此。仅仅是这种狂妄傲慢和厚颜无耻的态度有时就能给某一名善于利用环境的并不愚蠢的作家带来台柱子和权威的名声，同时又给台柱子带来对公众异常的影响力，尽管这种影响力是暂时的。平庸之辈几乎经常都是胆小怕事的，虽然外表上装得傲视一切，却总是主动地屈从于权威。胆小怕事的态度也就造成了文学的奴性，可是文学中根本不应该有任何奴性。由于渴望在文学界取得权势、优越地位和头衔，有的人，甚至有的深受尊敬的老资格的文学家，有时都不惜做出某种叫人难以料想的奇怪举动来，不仅对同时代人产生诱惑并使之惊愕，而且将作为19世纪后半叶俄国文学的丑闻流传给后代。这类事件如今发生得越来越频繁，于是这种人就具有长久不衰的影响力，而报刊界却保持沉默，不敢触动他们一根毫毛。我们文学界中至今还有一些根深蒂固的观念，本来缺乏丝毫的主见，却貌似不可动摇的真理而人云亦云地存在着，之所以如此，仅仅是因为一些文学领袖当年如此这般地说过。批评界变得庸俗不堪。有些出版物完全回避某些作家，不敢谈及他们。争论是为了在争论中取得上风，而不是为了真理。毫无价值的怀疑主义对多数人产生了有害的影响，却成功地掩盖了自己的平庸，用来吸引订户。深刻的信念和严肃而真诚的言论越来越少。最终，投机取巧的精神在我们文学界广泛流行，使某些期刊的出版变成商业活动，文学及其益处则被降到次要地位，有时甚至被抛到脑后。

我们决定创办一个完全不依赖于文学权威的杂志——尽管我们很尊敬他们——要充分大胆地揭露当代文学中一切怪现象。我们进行这种揭露是出于对俄国文学的尊重。我们的杂志绝不会有任何非文学的恩怨。我们甚至准备承认自己的错误和失误，以书面的形式公开检讨，我们以此自耀（哪怕是事先表白），并且因此而认为自己可笑。我们也不回避论争。我们也不怕有时会多多少少地"激恼"文学界的大鹅，[1]大鹅的叫声有时也不乏好处：它的叫声能预报天气，虽然并非经常都能救助卡皮托利尼。[2]我们对批评栏将给以特殊的关注。不仅每一本出色的书，而且每一篇出现在别的杂志上的出色的文学论文，都必定在本刊得到分析。图书从前只出版单行本，而现在往往先在杂志上刊载，批评绝不该仅仅因此而消灭。《当代》将不触及任何个人，对一切平庸之作，只要是它没有害处，也保持沉默，只把注意力放在那些明显非同一般的事实上，不管是正面的还是反面的，并且不带任何倾向地抨击拙劣的和蓄意恶毒攻击之作、不良迷恋和过分骄傲的倾向以及文学中的老爷作风——不管出现在何处，一律揭露。有些生活现象、流行的观念和一成不变的原则，由于普遍的和频繁的使用而被有意或无意地当作庸俗不堪、奇怪而又令人懊丧的教条，也应该像

---

[1] 典故出自克雷洛夫的寓言《鹅》（1811）。

[2] 传说古罗马将军卡皮托利尼作战时，一次夜间敌人偷袭，鹅的叫声惊醒哨兵，但为时已晚，敌人已爬上城墙。

新出现的书或杂志文章一样受到批评。本刊为自己立一条必须遵守的规矩，就是直言不讳地讲出自己对一切正直的文学著作的想法。它上面签署的如雷贯耳的大名，只能让人对它提出更严格的要求，因此本刊任何时候都不采用当今普遍盛行的狡猾手段——为知名作家大唱十支颂歌，以便有权对他提出一条不太恭维的意见。称赞总是纯洁的，一味地阿谀奉承则散发着奴仆气味。一篇简单的启事篇幅有限，我们无法深谈本刊的详细情况，只想说一点：我们的计划业经政府批准，内容异常丰富多彩。请看：

计划

一、文学栏。发表长、中、短篇小说，诗歌等。

二、批评和书评栏。评介的既有俄国的，也有外国的书。此栏也分析介绍我国戏剧舞台上演出的新剧。

三、学术类的文章。论述当代人感兴趣的经济、金融、哲学等方面的问题。文章带有普及性，适于不专门从事这些学科的读者阅读。

四、国内新闻。评论政府的命令、国内事件，发表外省通讯，等等。

五、政治评论。全面评述各国每月的政治生活。发表最新邮讯、政治传闻、外国记者的通讯。

六、杂俎栏。发表：1. 小故事、国外和外省来信等；2. 小品文；3. 幽默内容的文章。

从上述各项可以看出，凡是当代读者感兴趣的一切，皆属于本刊的内容。每期末尾设一专栏，刊登幽默内容的文章。

我们不想罗列将为本刊撰稿的作家们的名字。用这种方式来吸引公众的注意，近来完全不足取。我们见到过，不止一家刊物在启事中开列出一系列如雷贯耳的名字。虽然我们也可能在启事中举出不止一个闻名于我们文坛的名字，可是我们故意回避这么做，因为我们十分尊重我们的文坛名流，但深知构成本刊力量的不是他们。

《当代》将于每月月初出刊，每期皆为大开本，共有 25 至 30 页，篇幅相当于我国的大型月刊。

农夫玛列伊

所有这些布道，我想，读起来定会枯燥无味，因此我要讲一件轶事，甚至算不上是轶事；只不过一段遥远的回忆而已，不知何故，我非常想在此时此处讲讲，作为我们这篇关于人民的论文的结尾[1]。我那时只有九岁……可是不行，最好还是从我二十九岁那年讲起。

那是圣诞节的第二天。天气温和，天空蓝蓝的，太阳高高的，和煦灿烂，可是我的心中却笼罩着阴云。我在牢房后面徘徊，望着囚堡坚固的木制围墙，数着上面的木桩，我本来不想数，尽管这已成了习惯。监狱里"过节"已经第二天了，苦役犯都没有去上工，很多人喝醉了酒，谩骂声、吵架声响彻各个角落。有人唱

---

[1] 本文首次发表在作者本人主编的《作家日记》1876 年 2 月号第 1 章第 3 节，紧接他的论文《论对人民的爱·必须与人民合作》之后。

着无耻的淫秽小调，赌徒们躲在床铺底下赌牌，几个苦役犯由于行凶而受到难友们审判，被打得半死不活，盖着皮袄躺在铺位上，现在还没有苏醒过来；有些人已经好几次亮出了刀子——这一切都是在两天的节日里所发生的，我的精神被折磨得苦不堪言。我一向厌恶人们纵酒狂欢，甚至不能忍受，而在这里，在这种地方尤甚。这两天，监狱的长官也不前来检查，不进行搜查，不查寻私酒，他们明白，即使是对这些苦役犯也应该允许放纵一下，一年就这么一次，否则会更糟。我的心里终于怒火燃烧。我遇见波兰人米－茨基[1]，他是个政治犯；他阴郁地看了看我，眼睛闪着光，嘴唇颤动。"我恨这些强盗！"[2]他咬牙切齿地对我说，然后走了过去。我回到牢房里，虽然一刻钟以前我像个精神错乱者似的从这里跑了出去；当时有六个身健力壮的庄稼汉子一齐扑向喝醉酒的鞑靼人加津，为了制服他而把他痛打一顿；他们打得毫无道理，像这种打法，就是一头骆驼也得给打死；可是他们知道，这个赫拉克勒斯[3]是很难打死的，因此打他的时候毫无顾忌。我现在

---

[1] 指波兰革命者亚历山大·米列茨基，陀思妥耶夫斯基在其《死屋手记》中曾提到此人。

[2] 这一句原文为法语。

[3] 赫拉克勒斯，古希腊神话传说中的英雄，力大无穷。

回到牢房，在尽头的角落里发现已经失去知觉的加津躺在铺位上，看不出来活着的迹象；他盖着皮袄躺在那里，所有的人都一声不响地走来走去——明天早晨以前他就会苏醒过来，"这番痛打之后，便不再有片刻安宁，也许要死人的"。我回到自己的位子，正对着镶有铁栏杆的窗户，仰卧在铺位上，把两只手枕在头底下，合上双眼。我喜欢这样躺着：睡觉的人不会有人来纠缠，况且也可以胡思乱想和正经地思考。可是我没有胡思乱想；心不平静地跳着，耳朵里响着米－茨基的话："我恨这些强盗！"再说，这一类印象没有什么值得描写的；我现在夜里有时也梦见那个时候，可是对我来说，没有什么比做梦更让人痛苦的了。可能人们也会发觉我直到今天为止，几乎一次也没有在书刊中公开谈起我的狱中生活；我是写了《死屋手记》，那是十五年以前，是以一个虚构的人物，一个因杀害自己妻子而被判刑的犯人口吻写的。顺便补充一个细节，从那时起，甚至直到现在，许多人都认为并且断言，我是因杀害自己妻子而被流放的。

渐渐地我也就麻木了，不知不觉地陷入回忆之中。我在监狱里整整四年中不断地回忆我的全部过去，仿佛是在回忆中把自己以前的全部生活又重新经历一番。这些回忆都是油然而生的，我很少有意地唤起它们。开始时是一些零星的点滴，有时模糊不清，后来便逐渐地形成完整的画面，形成强烈的完整印象。我对这些印象进行分析，赋予早已经历过的事以新的特点，主要的是完善它，不断地进行完善，这成了我的全部乐趣。这一次不知何故，我突然记起了我童年早期一个平平常常的瞬间，那时我只有九岁——这个瞬间似乎已被我完全忘却，可是我当时非常喜欢回忆我童年早期的情形。我记起了在我们乡下8月的一天：天气晴朗而干燥，只是略有凉意和刮着微风；夏天就要结束，很快就得返回莫斯科了，又要整整一个冬天上那些枯燥乏味的法语课，因此我是多么舍不得离开乡下。我经过打谷场，走下山谷，又爬上"洛斯克"——我们这样称呼位于山谷对面的那片茂密的矮树林。我钻进树林深处，听见不远的林中空地上，离我三十步左右的地方，有个农夫单独一人在耕地。我知道，他是在很陡的山坡上耕地，马走起来很吃力，他的吆喝声不时地向我传来："驾——驾！"我家的农夫我差不多都认识，但不知现在耕地的是哪一个，这对我来说无关紧要，我全神贯注于自己的事，我也很忙：我在给自己折一根榛树条，好用它扞蛤蟆；榛树条比起桦树枝来，又漂亮又容易折断。小甲虫和金龟子也使我发生兴趣，我在捕捉一些，有的非常好看；我也很喜欢敏捷的小壁虎，全身红黄色，带有黑色小斑点，可是我害怕蛇。然而比起壁虎来，蛇极少能遇得上。这里蘑菇很少；采蘑菇得到白桦林里去，我也准备到那儿去。树林里有蘑菇和野果，有小甲虫和小鸟，有小刺猬和小松鼠，还有我非常喜欢闻的腐烂树叶的潮湿味，我一生都喜爱树林，胜过一切。即使是现在，当我正在写本文时，闻见我们村里白桦林的气味也是如此：这些印象让我终生不忘。在万籁俱寂中，我突然清晰而确切地听见有人喊："狼来啦！"我惊吓得不能自主，不禁大叫起来，一边叫着一边向林中空地跑去，直奔那个耕地的农夫。

这是我家的农夫玛列伊。我不知是否有这样的名字，但大家都叫他玛列伊[1]——这个庄稼人五十来岁，身体壮实，相当魁梧，深褐色的大胡子很浓密，已经斑白。我认识他，可是在此之前，我从来没有机会跟他谈过话。他听见我的叫喊声，立即吆喝马停下，我跑到他跟前，一把抓住木犁，另一只手拽住他的衣袖，他看出我受惊了。

"狼来啦！"我上气不接下气地叫道。

---

[1] 据作者的哥哥米·米·陀思妥耶夫斯基回忆，这个农民的名字叫马可。

他抬起头，情不自禁地向四周环视，一瞬间几乎是相信了我的话。

"狼在哪里？"

"有人喊……刚才有人喊'狼来啦'……"我喃喃地说。

"你这是怎么啦，你这是怎么啦，哪儿来的狼，是错觉。你看！这儿哪能有什么狼呢！"他嘟哝着说，给我壮胆。可是我却全身发抖，更紧地抓着他的上衣，大概我的脸色煞白。他带着不安的笑容看着我，看来是在为我而担惊和不安。

"你瞧，吓成这个样子，哎呀呀！"他摇着头，"够了，亲爱的。你看，你已经是个大小伙子了，哎呀！"

他伸过手来，突然在我的脸上抚摸一下。

"好啦，够了，基督跟你在一起，画个十字吧。"可是我没有画十字；我的嘴角颤动起来，这好像是让他特别震惊。他一声不响地伸过一个指甲黢黑、沾满泥土的粗壮手指，轻轻地触动一下我那抖动着的嘴唇。

"你看，哎呀，"他对我笑了，笑得慈祥而憨厚，"上帝呀，这是怎么啦，你瞧，哎呀呀！"

我终于明白了，没有狼，"狼来啦！"的叫喊声是我的错觉。

可是这叫喊声明明是清清楚楚的，从前我已经有过一两次产生错觉，听见这种叫喊声（不是关于狼的），因此我了解这种情况。（后来随着童年的结束，这种错觉再也没有发生过。）

"好啦，我得走了。"我说，犹疑而胆怯地看着他。

"好，走吧，我从后面看着你。我绝不会让狼把你怎么样！"他补充说，又那么慈祥地对我笑了，"好，基督跟你在一起，走吧。"他用手在我头上画了十字，在自己胸前也画了。我走了，差不多每走出十步都回头看看。我走着的工夫，玛列伊一直牵着马站在原地，望着我的背影，每当我回头看的时候，他都向我点点头。得承认，我吓成这样，在他面前有些不好意思，可是我走的时候，仍然还很害怕狼，直到登上山谷的斜坡，走到第一个谷垛时才好起来；突然，我家院子里的狗"狼崽子"不知从什么地方蹿到我面前，这时我的恐惧才一扫而光。跟"狼崽子"在一起，我壮起胆来，最后一次向玛列伊转回身去；我已看不清楚他的脸，可是却感觉到他还是那样亲切地向我微笑和点着头，我向他摆摆手，他也向我摆了摆手，然后便赶着马向前走去。

"驾——驾！"又传来他那远去的吆喝声。马又绷紧犁套，向前拉去。

当时我离开玛列伊回到家以后，对任何人也没讲过我的"历险"。这算得上是什么历险呢？关于玛列伊，我也很快就忘却了。后来偶尔遇见他，我甚至一次也没有跟他谈过话，不仅没有谈起狼的事，别的什么也都没有谈过，只是现在，事隔二十年之后，在西伯利亚我才清晰地记起了那次见面的整个情景，直到每个细节。这就是说，那次相逢已经不知不觉地深入到我心灵的深处，完全是自发地，不受我的意志所控制，当需要的时候我便突然记起来；记起了那个贫穷的农奴温柔和慈祥的笑容，他画十字和点头时的情景："你瞧，把你吓得，你这个大小伙子！"特别是他那只沾满泥土的粗壮手指，他以一种怯生生的柔情用这只手指触摸我那抖动着的嘴唇。诚然，任何人对一个孩子都会让他鼓起勇气来，可是在这里，在这次只有两个人的单独见面时所发生的却完全是另外一回事，假如我是他的亲生儿子，他也不会用那种闪耀着爱的光辉的目光来看我，是有谁强迫他吗？他是我们家的农奴，我也算得上是他的少爷；任何人也不会知道他是如何爱抚我的，而且也不会因此而奖励他。莫非是他就喜欢小孩子？是有这样的人。那次会见只有两个人，在空旷的野地里，也许只有上帝能从天上看到他那颗心充满多么深厚和文明的人类感情，充满多么细腻的近乎女人的柔情，可是他却是一个如同野兽一样粗野而又愚昧的俄国农奴，那时还不能指望并且也没有料到有朝一日会获得自由。请问，康士坦丁·阿克萨科夫谈到我国人民具有高尚的教养时所指是否就是这一点 [1]？

当我从床铺上爬下来，环视周围时，记得我突然感到我可以用另一种眼光来看待这些不幸的人，于是我心中的憎恨和愤怒突然间消失得无影无踪。我向前走去，仔细打量着每一张迎面而来的脸孔。这个被剃光头以示羞辱的庄稼汉子，满脸疤痕，喝得醉醺醺的，用沙哑的嗓子大声唱着酒鬼的歌，也许这也正是那个玛列伊：我无法窥测他心灵的深处。那天晚上，我又遇到米－茨基。这个不幸者呀！他不可能有关于玛列伊的回忆，除了"我恨这些强盗！"之外，他对这些人也不可能有别的看法。不，这些波兰人当年受的苦难超过了我们！

---

[1] 康士坦丁·阿克萨科夫在其《论当代人》一文中表述的观点，曾被陀思妥耶夫斯基在《论对人民的爱》中所引用。

百岁老妇

　　前些天有一位太太对我讲道："那天早晨，我耽搁得太晚了，等我离开家时差不多已到中午，可是好像故意找别扭似的，我要办的事积得很多。恰好在尼古拉耶夫大街要去的两个地方，相距不远。首先到了一个写字间，我在房子大门旁遇见的正是这个老太婆，我觉得她是这么衰老，躬着背，拄着一根棍子，可是我仍然没能猜出她的年纪来；只见她走到一个大门旁，立刻就在门旁的一角坐到看院子人的长椅上休息。我从她身边走过去，她也就仅仅在我的眼前一闪便消失了。

　　"过了十分钟，我从写字间出来，隔着两栋房子是一家商店，我上个星期在那里给索妮娅定做了一双皮鞋，于是我顺便去取，可是一看，只见那个老太婆现在又在这栋房子边上坐着，还是坐在大门旁的长椅上，而且在看着我；我朝她笑笑，就走进去，取了皮鞋。过了三四分钟的工夫——我向涅瓦大街走去，可是一看——我的那个老太婆已经到了第三栋房子，也是在大门旁，只是没有坐在长椅上，而是待在突出来的台阶上，这家大门旁没有长椅。我突然情不自禁地在她面前停住脚步：我想，她在每一栋房子前都要坐下来，这是怎么回事？

"'累了吧，'我说，'老太太？'

"'累了，亲爱的，总是觉得累。心想：天暖和，有太阳，让我到孙女家去吃顿午饭吧。'

"'老奶奶，你这是去吃午饭呀？'

"'吃午饭，亲爱的，是吃午饭。'

"'这么个走法，你走不到的。'

"'不，走得到，走一段儿歇一会儿，然后站起来再走。'

"我看着她，产生了极大的好奇心。老太婆身材矮小，很洁净，衣裳很旧，大概是个小市民，拄着一根棍子，脸色苍白而枯黄，干瘦得皮包骨，嘴唇没有血色——简直就是一具木乃伊，可是却坐在那里——微笑着，阳光直接照到她身上。

"'老奶奶，你的年纪大概很大了？'我问道，当然是随便说说。

"'一百零四了，亲爱的，我才刚刚一百零四岁（她这是在开玩笑）……你这是上哪儿去？'

"她看着我——笑着，她也许是因为有人能跟她说说话而高兴，只是我却觉得奇怪，一个百岁老妇还关心我到哪里去，好像是她真的需要了解似的。

"'这不是，老奶奶，'我也笑了，'在商店给我的小姑娘取了皮鞋，现在带着回家。'

"'你瞧，这双小皮鞋，你的姑娘很小吧？这很好。还有别的孩子吗？'

"她还是笑着，看着。目光暗淡，好像是死人的一样，可是眼睛里却仿佛射出一道温暖的光辉。

"'老奶奶，你要是愿意，我给你 5 个戈比，拿去买个小甜面包吃，'于是我给了她一个 5 戈比的硬币。

"'你给我 5 戈比干啥？那好，谢谢，我就收下你这 5 个戈比。'

"'没啥，老奶奶，你可别见怪。'她接了过去。她没有乞讨，看来还没有落到这个地步，可是她接受得很得体，完全不像是接受我的施舍，好像是出于礼貌，或者由于自己心地善良。也许是她很喜欢这样，因为没有什么人肯和她这样的老太婆谈话，可是现在不仅有人跟她谈话，而且还怀着爱怜关心她。

“‘好吧，再见，’我说，‘老奶奶。祝你平安到达。’

“‘我走得到，亲爱的，能走到。我能走到。你回去看孙女吧。’老太婆糊涂了，忘了那是我的女儿，而不是孙女，看来她以为人人都有孙女哩。我走了，最后一次回过头来看她，只见她站起来，缓慢而艰难地用棍子敲击着路面，蹒跚地沿街走去。一路上很可能还得歇上十次才能到达家人那里‘吃顿午饭’。她这是上哪儿去吃午饭呢？真是个奇怪的老太婆。”

我那天早上听了这个故事——是的，自然算不上是故事，只不过是遇见一个百岁老妇时的印象而已（实际上也是如此，什么时候能够遇见一个百岁老妇呢？更何况她还具有如此丰富的精神生活）——不过我听过以后也就完全忘了，可是深夜，我读完杂志上一篇文章，合上杂志，竟突然间想起了这个老太婆，不知何故，一眨眼的工夫就勾画出后来发生什么的情景，想象出她是如何到达自己家人那里吃午饭：最后出现的却是另一个小小的场景，也许是很真实的。

她的孙女——也可能是重孙女，她把她们一律称作孙女——大概是手艺人，不言而喻，是有家室的，否则她就不会到她们那里去吃午饭。她住在地下室里，也可能是租了一家理发店，当然很穷，可是毕竟还能吃饱肚子，也很安分守己。她到达她们那儿恐怕已是1点多钟了。大家没有料到她来，但可能相当欢迎她。

"你们看她来了，玛丽娅·马克西莫芙娜，进来，进来，欢迎，上帝的女奴！"

老太婆笑眯眯地走进来，门上的铃铛还很长时间响着尖细的刺耳声。她的孙女大概就是理发匠的妻子，而理发匠年龄还不算太大，三十五六岁吧，由于职业的习惯而老成持重，尽管他的职业很卑贱，自然是穿一件像煎饼一样的沾满油污的常礼服，是不是沾上了发蜡，我就不得而知了，可是我从来没有见到过哪一个"理发师"的衣领不像是掉进面缸里似的。三个年岁很小的孩子——一个男孩和两个女孩——一眨眼的工夫都跑到太婆跟前来。这种年岁很大的老人通常很容易跟孩子合得来：他们自己在精神上越来越像孩子，有时甚至丝毫不差。老太婆坐下；主人家里还有一个四十来岁的人，不是客人就是来办事的，是主人的熟人，已经准备告辞。主人的外甥也来做客，这是他姐姐的儿子，小伙子十七岁，正准备进一家印刷厂工作。老太婆画了个十字，坐下来，瞧着客人。

"咳，真累呀！这位是谁呀？"

"我吗？"客人微笑着回答，"怎么，玛丽娅·马克西莫芙娜，难道不认识我们啦？三年前，大家都想和您一道去采蘑菇。"

"啊，是你呀，我认识你，你这个猴崽子。记得你，可就是想不起来你叫什么，你是谁，我记得。咳，我有些累。"

"您这说哪儿去了，玛丽娅·马克西莫芙娜，尊敬的老婆婆，您一点儿也不见老，这倒是我想要向您讨教的。"客人开玩笑说。

"跟好人能说一会儿话也挺开心。咳，我还是喘不过气来，孩子他妈。谢寥仁卡的大衣看样子做好了吧？"

她指了指外甥。

外甥是个健壮的胖小伙子，咧着嘴笑了，往跟前凑了凑；他身上穿一件崭新的灰色大衣，他把它穿在身上还很不习惯。大概得过一个星期以后才能习以为常，而现在他每时每刻都要照着镜子观看自己的翻袖和翻领以及全身，并且感到有一种特殊的自尊感。

"你过来，转过身去，"理发匠的妻子说，"你看，马克西莫芙娜，做得怎么样；6个卢布就像一个戈比那样花掉了，听说普罗霍雷奇那里便宜一些，可是现在不能再做了，有人说，以后要哭鼻子，可是这件不会穿坏。你看这面料吧！这是多好的里子，结实，真结实，你再转过身去！钱就这么像流水似的花掉了，马克西莫芙娜，我们的钱花得一干二净。"

"咳，他妈呀，如今世上什么都贵了，无缘无故，最好你还是别跟我说这些，别让我不好受。"马克西莫芙娜很动感情地说，可是她仍然喘不上气来。

"算了，够啦，"主人说，"得吃点儿啦。你这是怎么啦，玛丽娅·马克西莫芙娜，我看你是不太舒服吧？"

"咳，你真精明，我是累了，天气挺暖和，有太阳；心想去看看他们……总躺着个什么劲儿。咳！路上遇见一位太太，很年轻，给孩子买了双皮鞋，她说：'老太太，你是怎么了，累了吧？给你5个戈比，买个小甜面包吃……'你知道，我就收下了这5个戈比……"

"奶奶，首先得好好休息一下，你今天怎么喘得这么厉害？"客人突然特别关心地说。

大家都看着她；她突然变得脸色煞白，嘴唇发青。她也环视着所有的人，但目光暗淡。

"你看，心想……给孩子们买甜饼……这儿有 5 个戈比……"

她又停住了，又上气不接下气地喘起来。所有的人全都静下来，这样有五秒钟。

"怎么啦，奶奶？"主人向她弯下身去。

可是她没有回答；又是沉默，又是五秒钟。老太婆更加煞白了，脸色突然沉下来。眼神停滞了，笑容在嘴角上凝结了；两眼发直，好像是什么都看不见。

"去请神甫吧！……"突然，站在后面的客人急急忙忙地小声说。

"是的……不……不晚……"主人嗫嗫地说。

"奶奶，奶奶呀？"理发匠的妻子呼唤着老太婆，突然惊慌得不知所措；可是奶奶却一动不动，只是头垂向一侧；右手放在桌子上，攥着她那 5 戈比的硬币，左手照旧搭在大重孙米沙，那个六岁的男孩肩上。他也一动不动，用那双惊奇的大眼睛审视着太婆。

"走了！"主人庄严肃穆地说，弯下腰，轻轻地画了个十字。

"就这样了！我看见她全身都瘫了。"客人很动情地断断续续地说；他非常惊恐，看着大家。

"咳，上帝呀！这可真是！现在该怎么办，马卡雷奇？把她送到那里去，还是怎的？"女主人急急忙忙地说，不知如何是好。

"往哪儿送？"主人郑重地说，"我们自己会处理好的，你是不是她的亲人？得去通知他们。"

"一百零四岁了，啊！"客人在原地跺着脚，越来越动感情。他甚至满脸通红。

"是呀，这几年连日子都忘了。"主人更加郑重和庄严地说，寻找帽子，并把外套脱下。

"一分钟以前还在笑哩，有多开心！你看，这5戈比的硬币还在手里呢！说要买甜饼，咳，我们这日子过的！"

"好了，我们走吗，彼得·斯捷潘内奇？"主人打断了客人的话头，他俩走了。这般年纪的人死了，人们当然都不哭。一百零四岁，"没灾没病，体面地走了"。女主人打发人去请邻居来帮忙。邻居们一转眼的工夫就都来了，几乎是很有兴味地听了情况的讲述，又是唉声叹气，又是惊奇喊叫。第一件事当然是烧上茶炊。孩子们惊恐地挤在角落里，从远处望着死了的太婆。米沙，不管他将活多久，永远都会记着这个老太婆，可能会忘记放在他肩上的那只手，可是会记着她是怎样死的；可是等他死了之后，整个地球上任何人也不会记起而且也不会知道，从前有个老太婆活了一百零四岁，为了什么和怎么活的——不得而知。况且为什么要记住呢：记不记全都一样。成千上万的人都是这么走的：默默无闻地活着，默默无闻地死去。难道只有这些百岁男女老人死亡的那一刻，才包含着某种动人的和悄然无声的东西，包含着某种甚至庄严而又安详的东西：迄今为止，一百年对一个人的作用都很奇妙。让上帝祝福这些平凡的好人的生与死吧！

这原来是一个轻松而无情节的场景。是这样，原打算将一个月前听来的东西改编成一个引人入胜的故事，可是一经动手，恰恰不行，不是不适用，就是"说非所想"，最后写出来的照旧是最没有情节的玩意儿……

乔治·桑之死

　　前一期《作家日记》（5月号）已经付印的时候，我在报上读到乔治·桑逝世（死于俄历5月27日，公历6月8日）的消息。因此没有来得及就她的逝世说几句话。然而，读了有关她的消息以后，我明白了这个名字在我的生活中意味着什么——这位诗人当年如何使我欣喜若狂，令我无限崇敬，当时给了我多少欢乐和幸福！我大胆地使用这些溢美之词，因为事实的确如此。她完全是我们的（正是我们的）同时代人之一——30和40年代的理想主义者。我们这个世纪是强大的，是自信的，同时又是病态的，她就是这个世纪的诸多名字中间的一个——这些名字出现在本国，出现在那个"神奇的国度"，却在我们这个永远处于创建中的俄国唤起了我们许许多多神圣和高尚的思想、爱、冲动、活的生命和珍贵的信念。但是我们不必抱怨这一点：俄国人高举着这些名字，对它们无限崇拜，用来直接服务于自己的使命，过去是这样，现在也还是这样。请不要对我的这番话大惊小怪，尤其是对待乔治·桑，直至今日还可能有争议，在我们这里，即使不是十分之九的人，也得有一半的人已经把她遗忘了；可是她当年毕竟做了自己的事——如果不是我们，她的同时代人，那么还能有谁从世界各地集聚在她的墓前悼念她呢！我们——俄国人——有两个祖国：一个是俄国，另一个是欧洲，甚至是我们那些自称为斯拉夫派的人也好（请他们不必为此而生我的气）。无须为反对这一点而争论。俄国已经意识到了自己未来的伟大使命，其中之一就是全人类的使命，亦即服务于全人类——不只是服务于俄国，也不只是服务于全体斯拉夫人，而是服务于全人类。诸位只消想一想，就会同意的，斯拉夫派自己也承认这一点——这就是为什么号召我们俄国人要更加严格、更加坚定和更加具有责任感——这正是因为他们懂得，全人类性是俄国人最主要的个性特点和使命。但是对此需要多说几句，才能解释清楚，为全人类的理想服务和满腹牢骚地自愿离开祖国而轻率地到欧洲去游荡，这本来是两码事，是根本对立的，可是至今还常常把它们混为一谈。相反，我们取自欧洲并移植到自己这里来的东西中，有许多并不是我们亦步亦趋地模仿来的,就像奴隶模仿主人那样,如波图金之流[1]所要求的,而是使其适应我们的机体,成为我们的血肉;可是对于另外一些,却付出了代价,甚至经受了痛苦,这是为了独立自主,跟欧洲人一模一样——这一切在他们那里本来都是土生土长的。欧洲人无论如何也不愿意相信这一点:他们不了解我们,不过暂时这样也很好。这样可以不知不觉地和平平静静地完成一个必不可少的过程,以后会使全世界大吃一惊。在我们对待别的民族文学的态度上,可以更清楚和更明显地察觉出这一过程来。他们的诗人对于我们来说,起码是对于我们大多数文明开化的人来说,就跟在他们自己家里——在西方一样,是亲如一家的。我可以肯定地说,并且一而再地说,任何一位欧洲诗人、思想家、慈善家,除了在其本土,就全世界而言,在俄国最能被理解,最能使人感到亲切,经常能被接受。莎士比亚、沃尔特·司各特、狄更斯——对于俄国人来说,比对于德国人来说,更令人感到亲切,更被理解,尽管与充斥着书的德国相比,这些作家的作品译本在我国的销售量不及其十分之一。1793年的法国国民公会把荣誉公民证书

---

[1] 波图金是屠格涅夫长篇小说《烟》的主人公,此处用来泛指西欧派。

寄给人类之友——德国诗人席勒，以此做出一项美好的、富有预见性的壮举，但是没有料到在欧洲的另一端，在野蛮的俄国，就是这位席勒，对于野蛮的俄国人来说却更加是本民族的，更加亲切，不仅远远胜过当时的法国，而且胜过后来整个我们这个世纪的法国。了解作为法国公民和人类之友的席勒的，在法国只有少数文学教授，即使有所了解，也只是微微了了。可是他在我国，却与茹科夫斯基一起，渗进了俄国人的灵魂，在那上面留下了烙印，差不多是标志着我们发展的一个阶段。俄国对待世界文学的这种态度，在全世界的历史中几乎是绝无仅有的，在别的民族中几乎是找不出第二个来，如果说这的确是我们俄国人的民族特点——那么某种心胸狭窄的爱国主义，某种民族沙文主义就能有权反对这种现象，对它说三道四，相反，他们不愿意首先在这一现象中注意到这样一个包含着无限潜力的事实，可以根据它来预测我们的未来。噢，当然，许多人读了我上面所赋予乔治·桑的意义，一定会嘲笑，但是笑是了不对的——这些从前的往事已经过去了相当多的时间，乔治·桑本人活到古稀之年故去 [1]，可能早就超

———————

[1] 乔治·桑死年七十二岁。

过了她的荣誉。然而，构成这位诗人的"最新成果"的一切，可以看成是"全人类的"一切——这一切，当年在我们这里，在我们俄国，立刻产生了反响，印象强烈而深刻，不可能使我们置之不理，这从而证明了，任何一个诗人——欧洲的革新者，任何一个在那里提出过新的思想，表现出新的力量的人，都不可能不立即成为俄国诗人，都不可能绕开俄国思想界，不可能不几乎成为俄国的力量。但是我并非想要写一篇关于乔治·桑的评论文章，只不过是想要在已故者的新坟前对这位离开我们的人说上几句告别的话而已。

关于乔治·桑的几句话

　　乔治·桑出现在文坛，正值我的少年时代的初年，我如今很高兴这已是很久以前的事了，因为事过三十余年，几乎是可以坦率公开地谈论一切了。应该指出，当年只允许这么做——阅读小说，其余的一切，几乎是每一种思想，尤其是来自法国的，都是严格被禁止的。噢，当然，那时往往不会分辨，上哪儿能够学会呢：就连梅特涅[1]都不会分辨，更何况我们这些模仿者。因此一些"可怕的东西"也就乘机冒了出来（譬如别林斯基的全部著作都出现在刊物上）。可是后来却情况大变，尤其是最后，为了不出现差错，几乎是一切企都禁止，众所周知，结果便是"照此力理"。可是小说毕竟还是允许的，无论是初期还是中期，甚至直到最后，于是

---

[1]　梅特涅（1773—1859），奥地利政治家，曾任首相。

当时的维护者们对于乔治·桑也就疏忽大意了。您可记得如下的诗句：

> 梯也尔和拉博的书
>
> 他能够背诵如流，——
>
> 如同激进的米拉波，
>
> 他歌颂着自由 [1]

这几句诗写得非常有才气，甚至成了珍品，而且将永远流传下去，因为它们是历史；但之所以珍贵，因为出自诗人、文学家和最诚实的俄国人杰尼斯·达维多夫之笔。可是如果杰尼斯·达维多夫认为某人——梯也尔（当然由于革命的历史）是个危险的人物并且在诗中把他跟拉博（大概也是个这样的人物，我可不清楚）相提并论，那么显而易见，当时官方是极少能允许的。结果如何：当时以小说的形式闯到我们这儿来的，不仅也同样有所裨益，而且就当时来说还可能是一种最"危险的形式"，因为当时对

---

[1] 引自俄国诗人杰·达维多夫的《当代的歌》（1836）。阿道夫·梯也尔（1797—1877）是法国历史学家和政治活动家，拉博·圣艾蒂安（1743—1793）和奥诺雷·加布里埃尔·米拉波（1749—1791）皆为法国大革命的活动家。

拉博有兴趣的人并不多，而乔治·桑则有成千上万的爱好者。这里还应该指出，当时我国虽然存在着玛格尼茨基[1]和里普兰季[2]之流，但是从上个世纪以来，欧洲的每一次思想运动总是立刻便被我们知晓，并且很快就从知识界的上层传播到稍许有兴趣的和善于动脑筋的群众中去。30年代欧洲的思想运动也正是这样。有关欧洲汹涌的文学运动，从30年代初开始，我们很快就有所了解了。已经熟悉了许多新出现的演说家、历史学家、政论家、教授。甚至稍许了解了这场运动的发展趋势。这场运动特别热烈地表现在艺术——小说中，而主要的是表现在乔治·桑那里。诚然，早在乔治·桑的小说译成俄文以前，显科夫斯基和布尔加林[3]就曾警告过俄国公众。尤其是尽力丑化她，说她穿裤子，用她来恫吓俄国妇女，用腐化堕落来吓唬她们。显科夫斯基自己本来想要为他的杂志《阅读文库》翻译乔治·桑的作品，在刊物上公开把她叫作叶戈尔·桑夫人，看样子对自己的俏皮很是扬扬自得。后来在1848年，布尔加林在《北方蜜蜂》上撰文评论她，说她毫无限制地……

---

[1] 玛格尼茨基，19世纪前期任沙俄学校管理总局的官员，主张关闭喀山大学。

[2] 里普兰季，沙俄政府内务部的特务，参与对彼得拉舍夫斯基小组的迫害。

[3] 显科夫斯基和布尔加林是19世纪前期俄国的两个反动批评家。

尔·勒鲁[1]一起在哨所酗酒，参加强盗和内务部长莱得留－罗兰在内务部举行的狂欢夜宴。我本人亲自读过这篇文章，并且记得很清楚。可是当时，即1848年，乔治·桑在我国几乎是被全体读者公众所熟悉，所以无一人相信布尔加林。她的作品首次译成俄文大约是在30年代中期；很遗憾，我不记得，并且也不知道，她的第一部译成俄文的作品是哪一部；但印象应该是很奇妙的。我想，还是一个少年的我也和所有的人一样，当时被那些典型和理想的贞洁、高尚的纯洁以及不露声色的叙述语调、纯朴的美与严谨所震撼——就是这样一名妇女竟然穿着裤子，腐化堕落！我想我大概是十六岁那年第一次读了她的中篇小说《海盗》——这是她早期最优美的作品之一。我记得，我读了以后整整一夜处于兴奋状态。我想，如果说乔治·桑——起码是根据我的记忆来判断——与当时誉满全欧和轰动一时的一批新作家相比，在我国几乎是占据首位，甚至与她一起出现在我国的狄更斯，在我们公众的注意力中也要逊色于她，我就无须说到巴尔扎克了，尽管他早于她出现在文坛，而30年代已经提供了诸如《欧也妮·葛朗台》和《高老头》这

---

[1]　彼埃尔·勒鲁（1797—1871），法国空想社会主义者。

样的作品。（别林斯基完全忽视了他在法国文学中的意义，这是很不公正的。）况且我说这些都不是着眼于文学评价，而只不过是想重提一下当时俄国读者公众的趣味，对他们所产生的直接印象而已。主要的是，读者哪怕是从小说中也善于汲取当时他们不被允许了解的一切。最低限度是到了40年代中期，我们的读者公众已经部分地了解到，乔治·桑是当时西方最激进的和最正确的一批新人的鲜明代表之一，他们的出现是对上个世纪血腥的法国（更确切些说，是欧洲的）大革命的"正面"成果的直接否定。这场革命结束以后（拿破仑一世之后），出现了新的企图，人们提出了新的希望和新的理想。先进的思想家们清楚地懂得了，大革命只是复活了极权主义，只是发生了"你滚开，我来占据你的位置"，世界新的胜利者们（资产者们）原来比从前的专权者（贵族）也许更坏，"自由、平等、博爱"只不过是句响亮的空话而已，别无其他。不止于此，又出现了新的学说，它们来源于响亮的空话，却已成了不可能实现的空话。胜利者们说出，或者确切地说是重提这三个神圣的字眼，已经显得有些可笑；甚至出现了一门科学，其杰出的代表们（经济学家）当时也纷纷提出新的学说，来帮助嘲笑和谴责这三个词的乌托邦意义，尽管为了这三个字眼当年流了无数鲜血。这样一来，与弹冠相庆的胜利者同时，开始出现一些脸色阴郁和忧伤的人，使胜利者大为惊骇。于是这个时代就突然产生了的确新的词，并且说出了新的希望：出现了这样一些人，直接宣称，事业停顿下来是不应该的和不正确的，胜利者的政治更迭一无所获，应该把事业继续下去，人类的更新应该在社会上激进地进行。当然，与这些宣言一起，也出现了许多危害极大的和十分荒谬的结论，主要的却在于重又燃起了希望，重又开始产生了信仰。这场运动的历史是人人皆知的——它直到如今还在继续，看来根本不打算停止。我在这里根本不想表态，既不说赞成，也不说反对，我只想要确定乔治·桑在这个运动中的地位。她的地位应该在运动的最初阶段去寻找。当时欧洲见到她，说她鼓吹妇女的新地位，预言"自由妻子的权利"（显科夫斯基谈到她时的用语）；可是这并不完全正确，因为她鼓吹的不止涉及妇女，并且也并没有发明任何"自由妻子"。乔治·桑是属于整个运动的，而不单单是鼓吹妇女权利。诚然，她本人作为妇女，比起男主人公来说更喜欢展示女主人公，当然，现在全世界的妇女都应该佩戴黑纱来悼念她，因为逝世的是妇女最高尚的和最美好的代表者之一，此外，她还是一位才智出众的史无前例的妇女——她的名字已成为历史，她的名字注定要被遗忘，从欧洲的人类社会中消失。

至于她的女主人公们，我再重复一遍，我从第一次，即早在十六岁那年，就由于一种奇怪的矛盾而惊奇，这就是人们关于她所说的和所写的与我本人实际上所见到的不相符合。她的女主人公中有许多，或者最低限度是有相当多，实际上是道德高度纯洁的典型，要是诗人本身的灵魂没有巨大的道德要求，要是没有最完全的义务感，要是不理解和不承认仁慈、忍耐和公正为最高的美德，这种高度的道德纯洁便是不可想象的。诚然，从仁慈、忍耐和义务责任感中派生出异常高傲的需求和反抗，但这种高傲是可贵的，因为出自一种高尚的真理，没有这种真理，人类便永远都不能坚持高尚的道德。这种高傲"毕竟"不是那种基于"我比你好，你比我坏"的敌对，而只是一种与虚伪和邪恶势不两立的纯洁感情，虽然，我再重复一遍，这种感情并不排斥宽恕和仁慈；还不止于此，与这种高傲相适应的是，也自愿地承担起巨大的义务。她的女主人公们渴望牺牲和功勋。我当时特别喜欢她的早期作品中一组被称作"威尼斯中篇小说"的作品（包括《海盗》和《最后一位阿尔迪尼》）里面所塑造的几个少女的典型，这类典型后来以长篇小说《贞德》而结束，这部作品已经可以说是天才的了，出色地、无可争议地解决了圣女贞德的历史问题。她通过一个当代农家女，突然在我们面前复活了历史上的圣女贞德的形象，并且令人信服地表现了这个壮丽而奇妙的历史人物的实际可能性——这纯粹是乔治·桑的任务，因为除她而外，她同时代的诗人中任何人都不能在灵魂里孕育如此纯洁的少女的理想——她是如此纯洁，又由于其纯洁而坚强有力。我上面所说的这些少女的典型，在几部作品里反复出现，体现着同一个任务，同一个主题（况且不只是少女，这个主题后来也重现在她杰出的中篇小说《侯爵夫人》中，这也是她的早期作品）。所刻画的是年轻女人坚强的性格，她缺乏经验，但高傲而贞洁，即使是与邪恶接触，哪怕是偶然落入罪恶的巢穴，不怕而且也不可能被污染。年轻少女的心渴望无私地牺牲（仿佛有人期待她这么做），她毫不犹豫，毫不吝惜自己，无私无畏，忘我地迈出最危险的和决定命运的一步。她所看到和遇到的一切，丝毫都不能使她动摇，不能使她畏惧——相反，这颗年轻的心立刻迸发出了勇气，使她首次认识到自己的力量——纯洁和诚实的力量，加倍增强了她的毅力，指出了新的道路和她在此之前尚不清楚的前景，但她头脑清醒，精神饱满，没有被生活的坎坷所玷污。同时诗的形式是无可挑剔的和最优美的：乔治·桑当时特别喜欢诗篇的"大团圆"结局，纯洁、真诚的年轻人以其无畏的单纯而胜利。这种形象能够使社会不安吗？能够引起怀疑和恐惧吗？相反，严厉的父母在家里允许阅读乔治·桑的作品，只是感到奇怪："为什么一直这样谈论她呢？"可是这时却也出现了警告："妇女精神需求的这种高傲，贞洁对邪恶的这种不妥协，拒绝对邪恶的任何退让，纯洁奋起斗争和勇于正视屈辱的这种无畏精神，包含着毒药——妇女反抗、妇女解放的毒药。"怎么！也许是吧——关于毒药，说得很公正；的确是产生了毒药，可是这毒药有什么危害，这毒药会毁灭什么，能挽救什么——这就是立刻出现的问题，长时期没有解决的问题。

* * *

现在这些问题早已解决了（好像是这样）。顺便应该指出，到了40年代中期，乔治·桑的声誉及其天才的力量已经达到高峰，我们，她的同时代人，仍然相信并且期待她将来取得更大的前所未闻的新成就，甚至是某种决定性的和最后的成就。这些期望却没有实现：原来那个时期，亦即40年代末，她已经说了她所应该说的和必定由她说的一切，现在在她的新坟前已经完全可以说出对她盖棺论定的话了。

乔治·桑不是思想家，但她却是一位目光最为敏锐的预感者（只要是可以用这种华丽的辞藻来表达），预感到了人类社会更加幸福，她终生都乐观而豁达地相信这一理想定会实现，正是因为她本人在灵魂里有能力树立这种理想。自始至终保持这种信念，这通常是一切高尚灵魂、一切真正的爱人者的天赋。乔治·桑是作为一个自然神论者而死的，坚定不移地相信神和自己的不朽生命，但是这样谈论她还不够。此外，与其所有的同龄人——法国作家相比，她或许更是一位基督教徒，尽管她在形式上（作为一个天主教徒）并没有宣传过基督。乔治·桑作为一个法国女人，与自己的同胞的概念相适应，并没有自觉地宣传过这样的思想："除他以外，别无拯救；因为在天下人间，没有赐下别的名，我们可以靠着得救。"[1] 这是东正教的主要思想，然而，尽管形式上似乎存在着这种矛盾，但是我再重复一遍，乔治·桑却是基督的最彻底的宣传者之一，哪怕她本人并没意识到这一点。她把自己的

----

[1]《圣经·使徒行传》第 4 章 12 节。

社会主义和自己的信念、希望、理想建立在人的道德感情上，建立在人类的精神渴望上，建立在人类对完美和纯洁的向往上，而不是建立在最原始的需要上。她无条件地相信人的个性（甚至直至其不朽），一生自始至终都提高和扩展人的个性观念——从而在每部作品中，都在思想和感情上与基督教的一个最基本思想相吻合，这就是承认人的个性及其自由（从而也包括其责任感）。由此也就承认义务，并且对此产生严格的道德需求，完全承认人的责任。在她那个时代的法国或许是没有哪一位思想家和作家能够如此深刻地理解"人活着不是单靠食物"[1]。至于她的需求和反抗的高傲，我再重复一遍，这种高傲从来都不排斥仁慈、对损害的宽恕，甚至建立在对损害自己的人之同情基础上的无限忍耐；相反，乔治·桑在自己的作品里不止一次地迷恋这些真理的美，不止一次地塑造了最真挚的宽恕和爱的典型。人们写道，她死的时候是个美好的母亲，一直劳动到生命结束，她是周围农民的好友，受到朋友们无限的热爱，看来她习惯于部分地看重自己的贵族出身（她从母系来说出身于萨克逊王室[2]），但是，当然可以肯定地说，

---

[1]《马太福音》第4章第4节，《路加福音》第4章第4节。

[2] 此处作者有误，乔治·桑的曾祖父是萨克逊侯爵，而她的母亲则是个"出身低贱"的舞女。

如果说她也很看重人的贵族气派，那么她只是依据人的灵魂的完美：她不能不爱伟大的，容忍低贱的，在思想上忍让——或许从这个意义上来说，她也就过分高傲了。诚然，她也不喜欢在小说中塑造被践踏的、正直的，但忍让而无家可归的、受尽折磨的人物，但是在伟大的基督徒狄更斯的每部作品里几乎都有这种人物；相反，她所塑造的女主人公都非常高傲，简直都是女皇。她喜欢这样，应该注意到这个特点；这是相当典型的。

对历史的乌托邦理解

彼得大帝以后的一个半世纪以来，我们所做的只是与人类的各种文明的交往，熟悉其历史，熟悉其理想。我们学习并且让自己习惯于爱法国人、德国人和所有的人，他们仿佛是我们的兄弟，尽管他们从来都不爱我们，并且从来都不准备爱我们。可是这也就是我们的改革，彼得的全部事业：我们在这一个半世纪的过程中从这改革里得到的是视野的开阔，这在任何一个民族那里，无论是在古代还是在现今世界上都是独一无二的。彼得以前的俄国是兢兢业业的和坚强的，虽然在政治上发展很缓慢；她形成了统一，准备巩固自己的边陲；懂得自己拥有一件珍宝，这是什何地方都没有的——东正教，她是基督真理的维护者，这是真正的真理，是真正的基督圣容，它在所有的别的信仰中和所有其他民族中都已经暗淡无光了。这项珍宝，这个永恒的真理，为俄国所专有，由她来维护，按照当时一些优秀的俄国人的看法，为他们的良心免除了接受其他文化的必要性。还不止于此，当年莫斯科的理解达到了这样的地步，认为与欧洲任何比较亲近的交往甚至都可能有害地影响俄国的智慧和俄国的思想，有损于东正教，把俄国拖上毁灭的道路，使其"步所有其他民族的后尘"。这样一来，古俄国也就陷于故步自封之中了，"准备不协调一致"——跟人类不协调一致，决定消极地维护自己的珍宝，自己的东正教，我行我素，对欧洲，也就是对人类闭关自守，像是某些分裂派教徒一样，不跟你们同一个锅里吃饭，认为每人都有自己的碗和勺才算得上是神圣。这种比喻是正确的，因为彼得登基以前，我国在政治上和精神上对欧洲的态度正是这样的。随着彼得的改革，我们的眼界无比地开阔了——我重复一遍，彼得的全部功绩也就在这里。这也就是我在以前一期的《作家日记》中已经说过的那种珍宝——我们，俄国文化的上层，在脱离了俄国一个半世纪之后，把这种珍宝拿给人民，而人民在我们自己对他们的真理俯首称是之后应该"无条件地"接受这种珍宝，否则这两个阶层的联合就是不可能的，一切都将毁灭。那么"眼界的开阔"是什么呢，它表现在什么上呢，意味着什么呢？这并不是本来意义上的文化，也并不是科学，这也不是为了欧洲的文明而背叛俄国人民的道德基础；不，这恰恰是只有俄国人民所独有的东西，因为这一类的改革在任何地方任何时候都不曾有过。这的确是而且也真的是我们对其他民族的兄弟般的爱，这是我们在一个半世纪与其交往的过程中所形成的；这就是我们对服务于人类的需求，哪怕是有时有损于我们自己眼前的巨大利益，这就是我们对他们的文明的容忍，对他们的理想的理解和谅解，尽管这些理想跟我们的理想并不和谐一致；这就是我们从欧洲每个文明中所获得的一种能力，或者更确切些说，在每个欧洲个体身上发现和找到他所蕴含着的真理，尽管其中有许多甚至是不能赞同的。最后，这就是首先成为公正的人和只探寻真理的要求。一句话，这也许是一种开端，是把我们的珍宝，我们的东正教积极地用在服务于全人类的第一步——它最终的使命即在于此，它的真正本质实际上也就在于此。

这样一来，通过彼得的改革，我们从前的思想，莫斯科俄国的思想开阔了，对它的理解更深刻了，它的内涵更丰富了，我们从而意识到了我们的全世界使命，我们在人类中的特定地位和作用，不能不意识到，这项使命和作用不同于其他民族，因为每个民族的个性都只是为了自己而存在，并且只存在于自身，而现在当历史时刻已经到来之际，我们就从此做起，为所有的人充当奴仆，以便达到普遍的容忍。这一点根本不丢脸面，相反，这里恰恰表现出我们的伟大，因为这一切都会引导人类达到最后的统一。谁愿意在天国里高于一切人之上，他首先得给所有的人当奴仆。我就是这样理解俄国理想中的使命的。在彼得之后，也就自然而然地形成了我们新的政策的第一步：这第一步应该是在俄国的羽翼下统一全体斯拉夫人。这种统一不是为了占领，不是为了强制，不是为了在俄国巨人面前消灭斯拉夫人的个性，而是为了提高他们，使之全心全意地在欧洲和人类面前处于应有的地位，最后，让他们有可能在遭受数个世纪的无数痛苦之后得到安宁和休养生息；振作精神，感到自己具有新的力量，为人类精神宝库做出自己的贡献，在文明中说出自己的话。噢，诸位可能会嘲笑上述关于俄国使命的"幻想"，可是请问：不是所有的俄国人都希望斯拉夫人在这些基础上得到复兴吗？这正是为了他们完全的个性自由和他们的精神复兴，而根本不是为了让俄国在政治上占有他们，不是为了用他们来壮大俄国的政治实力，欧洲却是这样怀疑我们的。是这样吧，不对吗？上述的部分"幻想"岂不已经证明了这一点吗？

在矿泉区什么东西最有用：
矿泉水还是风度？

我不想描写埃姆斯[1]；俄文书刊中对埃姆斯已经有很详细的描写，譬如彼得堡出版的吉尔什高伦医生的《埃姆斯及其医疗矿泉》一书。从那本书中可以了解一切，从矿泉的医学资料直到旅馆生活、卫生、散步、埃姆斯的地理位置和公众等方面的细枝末节。说到我嘛，我可是不善于这种描写，现在我已回到家中，要是硬逼着我描写，那么我首先能记起来的是光辉灿烂的太阳，埃姆斯所在的那个风景如画的陶努斯山谷，来自全世界的衣着华丽的人群——以及我在这人群中深深的孤独。尽管孤独，我甚至还是喜欢这个人群，当然是以特殊的方式。我在这群人里竟然发现一个

---

[1] 德国的矿泉疗养胜地。

熟悉的俄国人，就是那位奇谈怪论者，很久以前，他跟我争论时大力维护战争，认为在战争中可以找到当代社会中所无法找到的一切真理（见《作家日记》4月号）。我已经说过，这是一名相貌最温顺的文职人员。众所周知，我们俄国人，或者最好是说，我们彼得堡人，都是这样安排自己生活的，我们相见和办事，有时不管是和什么人打交道，都不忘记我们的朋友（难道彼得堡人能够忘记什么人或什么事吗），不过有时甚至一连好几年都不跟他们心平气和地相遇。我的这个朋友在埃姆斯也在饮用某种矿泉水。他的年纪大约四十五六岁，也可能还要小一些。

"您是对的，"他对我说，"这里的人群就是让人喜欢，甚至不知是为什么。况且任何地方的人群都让人喜欢，当然，让人喜欢的是上流社会的优雅人物，社会的精华。可以不和这个社会的任何人交朋友，可是总体来说——目前世界上暂时没有更优秀的了。"

"算了，够啦……"

"我不和您争论，不争论，"他轻易地同意了，"当大地上出现优秀社会时——人同意更合理地生活，那么我们对现今的社会连看也不想看，甚至连提也不想提起它，除非全世界的历史中只有这两个词。可是您现在能想象出更优秀的来取代它吗？"

"这些人生活富裕，无所事事，如果不蜂拥来到矿泉区，就不知道该如何打发日子，莫非现在不可能想象出比这个游手好闲的人群更优秀的不成。优秀的个体——在这群人里面还可以找得到，可是整体上——这个人群不仅不值得特别赞扬，甚至不值得特别注意！……"

"您说这话像是对人类怀有深仇大恨似的，或者只是为了赶时髦。您说：'不知道如何打发日子！……'可是请您相信，他们中间每个人都有自己的事业，甚至是这样的事业——为了完成它，要花掉毕生的时间，而不是一天的时光。他们每个人并不能从生活中缔造出天堂来，因此而苦恼，这不是他们的过错。我很喜欢观看这些受难者在此地如何开怀大笑。"

"是出于体面才大笑吗？"

"他们大笑是出于习惯，这种习惯折磨他们所有的人，迫使他们参加玩天堂的游戏，如果您愿意这么说的话。他们不相信天堂，他们不得已才玩这种游戏，但毕竟还是玩，借以取乐。这种习惯太强大了。这里有些人却把这种习惯当成很严肃的事情来对待——这对于他们来说当然更好一些：他们已经在真正的天堂里了。如果您爱他们所有的人（您应该爱他们），那么就应该高兴，因为他们有可能休息一下和忘怀一切，哪怕这只是一种幻影也好。"

"您在笑吗？我为什么应该爱他们呢？"

"因为这是人类，再没有别的人类了，怎能不爱人类呢？近十年来不可能不爱人类。此地有一名俄国女士，她非常爱人类。我可根本不嘲笑。为了不再继续这个话题，我最后直截了当地告诉您，任何一个具有良好风度的社会，就拿这个——优雅的人群来说吧，甚至蕴含着某些优点。譬如说：任何一个优雅的社会之所以优秀，是因为它不免滑稽可笑，但毕竟比任何别的社会更多地接触大自然——甚至农业社会——如今处处大多过着完全不自然的生活。我姑且不说工厂、军队、中小学校、大学：这些已经是超级地不自然。这些人比所有的人都自由，因为比所有的人都富有，因此最低限度能够随心所欲地生活。噢，当然，他们接触大自然只是在体面和良好风度所允许的范围之内。完全向大自然，向这金色的阳光敞开，这金色的阳光从蔚蓝的天空上无一例外地照射着我们这些罪人，不管我们是否配得上——毫无疑问，这是不体面的，但其程度只是现在你我二人或者别处某个诗人所愿意的；

良好风度的那把小小的铁锁跟从前一样挂在每个人的心上和每个人的理性大门上。然而不能不同意这样一种说法，即良好的风度不仅在我们这个世纪，而且在我们这一代，在与大自然接触的道路上毕竟向前迈出了一步。我曾经观察过，并且可以直接得出结论说，在我们这个时代，越往前就越加明白和同意，与大自然接触是一切进步、科学、理性、健康思想、趣味和优雅风度的最新成果。请您走进并深入这个人群里去：就能看见人人脸上都兴奋欢快。人们彼此谈话温情脉脉，也就是彬彬有礼，大家全都和蔼可亲和异常欢乐。你就会想，那个胸前佩戴玫瑰花的好汉的全部幸福——就是让这位年过五十的肥胖的太太开心。实际上是什么东西让他在她周围转来转去呢？莫非是他真的希望她能幸福和欢快吗？当然不是，或许是某些特殊的纯属私人的原因迫使他如此殷勤，这些原因与你我完全无关；可是请看什么是主要的——仅仅是良好的风度也可能并且有力量让他这么做，而无须任何特殊的和私人的原因，而这已经是非常重要的成果了，诸君明，在我们这个时代，良好的风度可以让一个生性野蛮的好汉就范到何种程度。诗歌造就了拜伦等辈，而他们又塑造了海盗、哈罗尔德、

莱拉 [1] 之流——可是您看看，他们问世以来才过去了很短的时间，所有这些人物却已经过良好风度的检验而成为不合格的了，被公认为最丑恶的人，而我们的彼巧林或高加索的俘虏 [2] 则更甚：他们已是风度完全丑恶的人，这是彼得堡的一批只有一分钟业绩的官吏。他们为什么成为不合格的呢？因为这些人物真正是邪恶的，让人不能容忍，明目张胆地只关心个人，因此破坏了良好风度的和谐，而良好风度则应该尽一切力量做出'每个人都为人人而生，人人为每个人而生'的样子。您瞧，拿来了鲜花，这是送给女士的花束和给男士胸前佩戴的玫瑰；请您看看，这些玫瑰是如何侍弄的，如何精选的，如何浇水的！农家姑娘从来都不给自己所爱的年轻人挑选和采摘任何美丽的花朵。而这些鲜花都拿来出售，每枝卖 5 个或 10 个德国芬尼，而农家姑娘根本没有接触过它们。黄金时代还在前面，现在是工业时代；这关您什么事，您对此无所谓——他们穿戴入时，打扮漂亮，好像真的是在天堂里。是天堂，或者'好像是天堂'——这跟您有什么关系？您还是听听吧：趣

---

[1] 分别是英国诗人拜伦的长诗《海盗》《恰尔德·哈罗尔德》和《莱拉》的主人公。

[2] 分别为俄国作家莱蒙托夫的长篇小说《当代英雄》和诗人普希金的长诗《高加索的俘虏》的主人公。

味多么高雅，思想多么正确！好的，可以去饮用矿泉水了，也就是去寻找康复的希望，去寻找健康，怎能不是花朵呢？花朵——这是希望。这种思想包含着多么高雅的趣味。请您想一想《圣经》里所说的吧：'何必为衣裳忧虑呢。你看看野地里的花吧。所罗门在极荣耀的时候穿的衣裳也没花儿美丽，可是神却要把你们打扮得更加美丽[1]。'我记得不很准确，但这话说得多么美呀！这里包含着生活的诗，大自然的全部真理。但是大自然的真理暂时还没来到，所以人们的心灵纯朴而欢快，他们用真诚的人类之爱做成花环，相互赠送——现在这一切都可以买卖，无须爱，只消花上5个芬尼。我还是要说，这对您来说岂不是无关紧要吗？我觉得，更方便一些，因为，我告诉您吧，这样可以逃避另一种爱，因为那得要求更多的感激之情，可是这里只消掏出5个芬尼——就完事了。然而，的确出现了一个类似的黄金时代——您如果是个想象力丰富的人，那么您就会感到满足。不，现代财富应该受到鼓励，尽管是取自他人。它可提供合作和良好的风度，这是人类另外的那个社会永远也不能提供给我的。我在这里看到的是优美的

---

[1] 引自《马太福音》第6章第28至30节，但略有改动。

场景，让我愉快，而通常情况下为了得到愉快，总是要花钱的。愉快和高兴的价格经常都是最昂贵的，可是我这个穷光蛋分文不付却也能够参加普遍的欢乐，只是靠着转动转动舌头。请看：响起了音乐，人们喜笑颜开，女士们穿戴漂亮，在所罗门那个时代，当然，任何人都没有穿戴如此漂亮——尽管这一切只不过是幻影，可是您和我都很开心，凭良心说，难道我是个体面的人吗？（我只是指我自己而言）——可是由于有矿泉水，我才能与这些人类的精华为伍。尽管德国咖啡非常糟糕，可是您现在却会很有胃口地去喝它！这也就是我所称之为良好社会的优秀方面。"

"哎，您一直都是在嘲笑，甚至并不很新鲜。"

"我嘲笑，可是请问，您自从来此地饮用矿泉水以来食欲是否大有改善？"

"噢，当然啦，大大改善了。"

"就是说，良好风度的优秀方面是如此强大，甚至对胃肠都起作用？"

"对不起，这是矿泉水的作用，而不是良好风度的作用。"

"毫无疑问是良好风度的作用。因此还不清楚，在矿泉区究竟是什么东西有用：是矿泉水还是良好的风度。甚至就连此地的医生都拿不定主意，究竟应该多注重什么，从总的情况来看，也很难说医学在我们时代究竟有多大进步：如今医学甚至产生了思想，而它从前只有药品。"

一个受到当代妇女青睐的人物

我自然不想描写我跟这个旧派人物的全部谈话。我知道，最让他心里发痒的话题——就是妇女。于是有一次我就和他谈起妇女来了。他看出来，我早就关注这个问题。

"我是在观察英国女人，具有特殊的目的。我带了两本小册子供路上阅读：一本是格拉诺夫斯基论东方问题的，另一本——是谈妇女的。这本关于妇女的小册子里有一些很美妙和非常成熟的思想。可是有一句话，您想想看，完全把我弄糊涂了。作者突然写道：

> 然而，全世界都清楚，英国女人为何物。这是女性美和女性精神品格最高尚的典型，我们俄国妇女不可能与之相媲美……

"怎么样？我不同意这一点。难道英国女人与我们俄国妇女相比竟然是高不可攀的典型？我完全不能同意这种说法。"

"这本小册子的作者是谁？"

"因为我并没有赞扬小册子中可以赞扬的地方，而只是挑出作者的一句话表示我不敢苟同，所以我得姑隐其名。"

"这个作者可能是个单身汉，还没来得及领略俄国妇女所有的品格。"

"虽然您这话说得很刻薄，但您关于俄国妇女的'品格'却说得很对。是的，俄国人没有必要摈弃自己的妇女。我们的妇女哪一点低于别的妇女？我不想一一列举以达吉雅娜为开端的我们诗人所刻画的那些理想人物——屠格涅夫、列夫·托尔斯泰笔下的妇女形象，尽管这是一项非常有力的证明：既然在艺术中体现了这种美的理想，那么她们都是源于现实的，而绝不是凭空臆造的。就是说，在现实中有这样的妇女。我不想谈十二月党人的妻子，也不想谈成百上千的其他众所周知的例了。我们了解俄国的现实，能不了解成千上万的俄国妇女，能不知道她们数以千计的默默无闻的功勋吗！这些功勋有时发生在什么情况下，发生在多么可怕的黑暗角落和贫民窟里，发生在什么样的罪恶和恐怖之中呀！简言之，我不想维护俄国妇女在整个欧洲妇女中占有崇高地位的权利，我只想说一点：我觉得，各国人民和各个民族中难道不应该存在这样一种自然法则吗？——根据这种法则，每个男人主要应该追求和钟爱自己人民和自己民族中间的女人。如果一个男人把别的民族的妇女看得高于自己民族的，更多地迷恋她们，那么这人民和民族可就到了衰败的时候。是的，我们这里近百年来已经出现这类事情，正是由于我们脱离人民所致。我们迷恋波兰女人、法国女人，甚至迷恋德国女人；如今又有人高兴把英国女人置于自己的妇女之上。在我看来，这里没有任何让人大惊小怪的。这里有两点：或者是精神上与民族脱节，或者只不过是寻花问柳的趣味。应该回到自己的妇女身边来，如果我们忘了如何理解自己的妇女，那么就应该学习……"

"我很高兴准备在一切方面同意您的意见，尽管我不知道是否存在这种自然的或民族的法则。但是请问：我说这本小册子的作者是个单身汉，他大概没有机会了解俄国妇女的一切高贵品格，您为什么认为这话说得太刻薄呢？可以说，我本人就是受到俄国妇女青睐的，因此从我这方面来说，仅此一点就足以证明不可能有丝毫的刻薄之意。是的，不管我是个什么样的人，不管您认为我如何，我本人在自己生活的某个时期确实曾是一位俄国妇女的未婚夫。这位女士在上流社会中的地位甚至高过我，她被一批追求者所包围，她尽可以挑挑选选，可是她……"

"她认为您最好？请原谅，我不了解……"

"不对，她并非认为我最好，而恰恰是认为我不合格，但问题也正在这里。我坦诚地告诉您，当我没有成为未婚夫的时候，倒也相安无事，我差不多每天都能见到这位女士，仅此一点也就足以感到很幸福了。甚至我可以斗胆地指出，当然完全是顺便说说而已，可能是我也完全没有造成很坏的印象。我还要补充一句，这位小姐在家里拥有很多自由。有一天，在一个非常奇怪的，我甚至可以说，一个不伦不类的时刻里，她突然答应了我——您可能不相信，我当时是怎么了。当然，我们二人之间的这一切都是秘密的，可是当我受宠若惊地回到住所时，一想到我将要成为如此美好的人的占有者和伴侣，这种想法简直像是一个重锤压得我喘不过气来。我瞧了一眼我的家具，所有那些单身汉的破烂什物以及对我来说不可或缺的物品——我不禁为自己，为自己在上流社会中的地位，为自己的身材，为自己的头发，自己的物品，自己那有限的智力和心灵感到羞愧起来，一想到我这样一个最微不足道的人竟然要占有我所不般配的宝藏，简直是准备诅咒自己的命运一千次。我向您说明这一切，为的是表述婚姻关系的一个相当不为人知的方面，或者最好是说，表述未婚夫中很少有人体验到的一种感觉，具体地说就是：要想结婚，就必须储备最大限度的愚蠢而又卑鄙的高傲，您知道，这样一种最愚蠢而又卑鄙的高傲——这一切还得用最可笑的语调说出来，一个脆弱的人无论如何都不可能使用这种语调。这位上流社会的小姐雅致而完美，受过良好的教育，生着美丽的金发，穿着薄纱连衣裙，跳起舞来姿态优美，为人纯洁而质朴，但同时思想感情又具有上流社会的高雅，我怎能比得上这样一位人物呢？哪怕是一瞬间都不能与之相比。您想想看，这一切都将进入我的宅邸，可是我只能穿我那件睡衣——您觉得可笑吗？一想到这一点就觉得不寒而栗！还有一个任务，人们会告诉您：既然您害怕这种完美，感到自己不配这种完美，那您就收起您的那些破烂吧（当然不是指精神上的破烂）。绝对不行：你连愤怒都平息不了，不打算减少任何东西。一句话，我不想为您描绘种种详情细节，都是一些诸如此类的事。譬如说，我绝望而无力地躺到自己的沙发上（应该告诉您，这是全世界最糟糕透顶的沙发，是从破烂市买来的，弹簧都坏了），这时我突然产生一个很可怜的想法：'等我一结婚，这里就经常不断地出现破布——剪裁衣服剩下来的，也许可以用来擦拭钢笔。'这种议论是再平常不过的了，有什么可值得大惊小怪的？这无疑是偶然一闪念，只是一瞬间，您应该理解，因为上帝才知道人的灵魂里有时会闪现出什么样的思想来，甚至是在这颗灵魂被拖上断头台的那一刻。我这样想，大概是因为我不喜欢在精神病发作前不把钢笔擦拭干净，尽管人人都这么干。怎么样？那时候我因为这种想法而严厉地谴责了自己，在考虑这么重大的事件时竟然想到擦拭钢笔的抹布，找到时间和场所来想这种平凡而低贱的事：'你今后还能值几个钱？'总而言之，我感到，如今我的整个生活都将在不断谴责自己中度过，我的每一个想法、每一个行动都要受到谴责。可是，过了几天，她突然面带笑容地向我宣布说，她是和我开玩笑，相反，她要嫁给一名高官，我听了之后……我这时不是高兴，而是表现出惊恐，要跌倒，她甚至吓了一跳，自己跑去倒了一杯水。我恢复过来，但我的惊恐对我也很有好处：她明白了我是如何爱她的，我是如何看重她的，非常看重她……她后来，结婚以后说：'我以为您很高傲，有学问，您将会看不起我。'从此以后，我只是把她当作朋友，我重复一遍，假如有谁曾经受到妇女，或者最好是说，受到俄国妇女的青睐，那当然就是本人，我永远都不会忘记。"

"这么说来您就成了这位女士的朋友了？"

"那是自然的了，而且是在最高程度上，不过我们很少见面，逐年地越来越少。俄国的朋友们通常每五年见一次面，许多人受不了经常见面。起初，我没有去拜访他们，因为她丈夫在上流社会中的地位比我高，可是现在，她现在很不幸，我看着她就感到痛苦。首先，她的丈夫是个六十二岁的老头子，结婚一年之后就吃了官司。为了偿还亏欠的公款，差不多是交出了自己的全部财产，在受审期间失掉一条腿——现在坐着扶手椅来到克雷茨纳赫，十天以前我在那里见到了他们二人。扶手椅由人抬着，她总是走在右侧，从而履行当代妇女的崇高义务——您瞧，还随时不断地听着刻薄的斥责。看着她，或者最好是说，看着他们二人，我就感到痛苦——因为我至今还不知道是谁更值得可怜——于是我就立即离开他们，自己来到此地。我很高兴，没有向您说出她的姓名。此外，我也很不幸，在这么短暂的期间里竟然完全激怒了她，看来是因为我直率地向她谈了我的幸福观和对俄国妇女职责的看法。"

"噢，当然，您没能找一个更合适的时机。"

"您是在批评我吗？可是有谁会告诉她呢？相反，我经常觉得，最大的幸福——就是了解为什么而不幸。请您允许我，既然话已出口，我就要向您说说我的幸福观和对俄国妇女的职责的看法；在克雷茨纳赫没有把话说透。"

生孩子的秘密

　　我在这里要暂时停一停。我只是为了引出一个人物，事先把他介绍给读者。但我把他引出来仅仅是想要他充当一个叙述者，而我对他的观点完全不赞同。我已经说过，这是一个"奇谈怪论者"。他对"当代妇女的幸福和责任"的看法甚至没有任何独到之处，尽管他阐述起来几乎是满腔愤怒；你想想看，这是他的最大弱点。据他的理解，妇女为了能够幸福和履行自己的一切责任，只不过是必须出嫁，在婚姻关系中尽可能多地生儿育女："不是生两个，三个，而是生六个，十个，直到筋疲力尽，无力生育为止。""只有那时，她才能接触到活的生命，了解这种生命的各种表现。"

　　"对不起，不走出卧室！"

　　"相反，相反！我事先已经预感到并且了解到所有的反驳意见。我权衡过：'大学，高等教育，等等，等等。'即使是一万个男人中间也只能有一个成为学者，对此姑且不论，我只是严肃地问您：上大学有什么会妨碍结婚和生孩子呢？相反，对于所有的妇女来说，对于未来的学者来说，对于普通的受过教育的人来说，必定应该上大学，可是然后，上完大学之后——就要'结婚和生儿育女'。迄今为止，世界上还没有想出更聪明的生孩子的方法，因此，为此储备的知识越多，结果就越好。大概是恰茨基[1]吧，不是宣布说：

……为了生儿育女，

谁感到智慧不够用？

"他这样宣布正是因为他本人也就是个最最没有受过教育的莫斯科人，一生只是鹦鹉学舌似的叫嚷着欧洲的教育，结果是后来表明，他们自己甚至连遗嘱都不会写，而把领地留给了一个不认识的人，'我的朋友索涅奇卡'。对'智慧不够用的'人这种尖刻的讽

---

[1] 俄国作家格里鲍耶多夫的喜剧《智慧的痛苦》中的主要人物，下面的两句诗引自该剧第 3 幕第 3 场。

刺一直延续了五十年，正是因为后来整整五十年的过程中，我们不曾有过有教养的人。现在，感谢上帝，我们这里已开始出现有教养的人了，请您相信，第一件事就是懂得生儿育女——是世界上最重要的和最严肃的事情，从前是这样，现在也不能不是这样。'请问，谁感到智慧不够用？'可是真的不够用：在欧洲，当代妇女已经停止了生育。至于我国的妇女，我暂时闭口不谈。"

"您说什么，怎能停止生育呢？"我应该顺便插几句，这个人身上有一种最让人捉摸不透的奇怪特点：他喜欢孩子，是儿童的爱好者，但喜欢的正是小不点儿，"安琪儿"。他喜欢到这种程度，到处追赶他们。在埃姆斯，他甚至以此而闻名。他最喜欢在林荫路上散步，往往把孩子抱到或者领到那里去。他结识了孩子，甚至只是结识一岁左右的，达到这种程度，许多孩子都认识他，等着他，向他微笑，把两只小手向他伸去。他必定要询问德国保姆，孩子几岁或者几个月了，夸奖他一顿，也含蓄地夸奖几句保姆，以此向她讨好。一句话，这在他身上几乎成了一种癖好。每天早晨在矿泉区的林荫路上，在公众面前，突然出现一群群上学去的孩子，只见他们穿戴整整齐齐，手里拿着夹肉面包，背上背着书包，他总是特别欣喜若狂。应该承认，这一群群的孩子的确很可爱，尤其是四五六岁的，也就是最小的。

"您可知道，我今天买了两根小笛子，"他一天早晨告诉我，现出非常满意的神色，"不是给这些小学生的——这些已经大了，我昨天刚刚有幸认识了他们的老师：是个最令人敬佩的人，实在少见。不，这是两个胖娃娃，两兄弟，一个三岁，另一个两岁。三岁的那个领着两岁的，两个孩子都十分聪明；两个孩子在卖玩具的摊床前停住了，张着嘴，呆呆地看着，表现出孩子所特有的兴奋，可爱极了，你在世界上找不出比这再可爱的了。商贩是个德国女人，很狡猾，我刚一看，她立刻明白了——顷刻间递给他们俩一人一根笛子：我就得支付两个马克。他俩高兴得难以形容，一边走一边吹。这是一个小时以前的事，可是我刚才又到那边去看看——他们还在吹呢。我曾经对您讲过，指的就是此地的社会，目前世界还不能提供比它更优秀的。我是说谎，而您却相信了，请您不必否认，您是相信了。相反，这才是最优秀的，这才是最完美的哩：这就是偷偷斯的孩子们，手里攥着夹肉面包，背上背着书包，上学去的孩子们……没说的。阳光、陶努斯山、孩子们、孩子们的笑声、夹肉面包以及欣赏着这些孩子的来自世界各地的大人先生和侯爵们，这优美的人群——这一切合在一起，美妙极了。您注意到了，人群每一次都在欣赏他们：这毕竟是他们高雅趣味的标志和——严肃的冲动。可是埃姆斯却很愚蠢，埃姆斯不可能不愚蠢，而这里的人因此还要继续生孩子，可是巴黎——巴黎却已经停止了。"

"怎么停止了？"

"巴黎有一家大企业，名叫'巴黎制造'，生产丝绸、法国葡萄酒和水果，同时能够缴纳 50 亿军税。巴黎非常器重这家企业，只顾忙活它而忘了生孩子。可是在巴黎背后是整个法国。部长每年都向议会庄严地报告，'人口数量没有变化'。您瞧，不生孩子，即使是生了——也站不住；但是部长却可以夸口地补充说，'我国老人很健康，据说，法国的老人长寿'。而在我看来，他们，老人们在大批死亡，法国议会就靠着老人来开会。有值得高兴的——他们长寿；沙子撒得少吗？"

"我还是不明白您说的。'巴黎制造'跟这有什么关系？"

"事情很简单。您本人是小说家，因此您也许知道一位最糊涂但很有天才的法国作家和老派的理想主义者——亚历山大·大仲马？但是这位亚历山大·大仲马身后有几个很好的所谓'运动'。他要求法国妇女生育。不仅如此，他还直截了当地把一项众人皆知的秘密泄露给世人，说在法国，出身于富有的资产阶级的妇女无一例外地都生两个孩子；她们跟自己的丈夫耍滑头，目的是只生两个孩子——不多也不少。生了两个孩子之后就罢工了。所有的妇女都是这样，不愿意多生——这个秘密异常迅速地传播开。后代有两个人，可是给两个人留下的遗产却由六个人来分，这是一点。第二，妇女本人活得寿命长：美色保持的时间久远，还有健康，外出的时间多，还可用于打扮和跳舞。唉，至于父母的爱，亦即问题的道德方面，他们说，两个比六个爱得更深，六个就淘气，恐怕还要让人讨厌，要打架，你就忙活他们吧！……仅就皮鞋一项，你就算算吧，得有多少令人不愉快的事呀，诸如此类，等等。但是问题并不在于大仲马气愤，而在于他决定直截了当地公开秘密的存在：他说，两个——不多也不少，而且还继续和丈夫一起愉快地过夫妻生活，一句话，一切都相安无事。马尔萨斯如此担心世界人口增长，甚至在幻想中都没有料到这种手段。没说的，这一切非常诱人。众所周知，法国有极多的有产者，城市资产阶级和土地资产阶级：对于他们来说这可是很难得的发现。这是他们的发明。可是这项发现已经越出了法国国界。再过上四分之一世纪，您就会看到，甚至就连愚蠢的埃姆斯也会变得聪明起来。据说，柏林就这个意义上来说已经聪明了。然而虽然孩子们在减少，但是，如果只要资产阶级，即富有的阶级过得去，如果这件事没有别的结果，法国部长照旧不会注意到这种差别。另一种结果——是无产阶级，800万，1000万，或许是1200万的无产阶级，这些人没经洗礼，没有正式结婚，在'合理的联合'中同居，为了'逃避专制'。这些人把孩子直接抛弃街头。生下一批批加甫罗什[1]，夭折，站不住；如果能站得住，那也要充塞在孤儿院或少年罪犯监狱里。左拉在我国被称作现实主义者，在长篇小说《巴黎之腹》中对当代法国工人的婚姻有一段非常精确的描写。请您注意：加甫罗什们已经不是法国人，但是最奇妙的是，这些孩子也来自上层，再看看——有产者所生的那些，按照两个秘密而生的——也不是法国人。最低限度我可以斗胆地肯定这一点，所以两种结果，两个极端殊途同归。第一个结果就是：法国开始不再成其为法国了。(能够说这1000万人认为法国是祖国吗！)我知道，一定会有人说，这更好：法国人灭亡了——人还会保留下来的。然而这是人吗？就算是人，但这是未来的野蛮人，将吞食

---

[1] 法国作家雨果的长篇小说《悲惨世界》中的弃儿。

掉欧洲。他们只会慢慢地，但坚定不移地变成未来的废物。后代在生理上必将蜕化，变得软弱无力，成为一堆狗屎，我看这是不容怀疑的。而生理又必定带动精神。这就是资产阶级统治的结果。在我看来，全部原因——就在于土地，也就是耕地，当代对耕地的私有制分配。必定会是如此，我讲给您听。"

土地与孩子

"土地就是一切，"我的这个奇谈怪论者说道，"我不把孩子们跟土地分开，在我这里必然是这样的。况且我并不想向您发挥这一点，您只消想一想，自然会理解。问题就是一切都源于土地的错误分配。甚至其余的一切，人类的一切其他灾难——也都有可能来自土地的错误分配。千百万穷人没有土地，在法国尤其如此，那里本来土地就极少——所以他们没有地方生儿育女，他们不得不在地下室里生育，生的不是孩子，而是加甫罗什们，其中有一半叫不出自己父亲的名字，而另一半也许叫不出母亲的名字。这是在一个极端，而在另一个极端，即在上层，我想也存在着土地分配的错误，但只不过是另一种性质的错误，是完全相反的，可能是自从高卢的征服者克洛维一世[1]的时代就已经产生了：这些

---

[1] 公元 5 世纪末至 6 世纪初的法兰克王国国王。

人的土地按每人平均占有量来说太多了，占有量太大了，过量了，而且他们十分牢固地占据着，丝毫也不肯相让，因此在这两极都出现了不正常现象。应该发生变革，改变这种状况，人人都应该有土地，孩子应该生在土地上，而不是生在马路上。我不知道，不知道如何改正，但是知道，那里现在没有地方生儿育女。在我看来，你可以在工厂劳动，工厂也是合法的事业，于是经常都是在已经耕种的土地附近生孩子：这也就是法律。但是得让每个工厂的工人知道，他在别的地方有花园，那里阳光灿烂，栽着葡萄，那是他自己的，或者更确切说，是公共的花园，他的妻子是个出色的女人，也住在这花园里，她爱他，不是在马路上，而在花园里等他，和他妻子在一起的是他的孩子们，他们玩木马游戏，都知道自己的父亲。见鬼，每个体面的和健康的男孩一生下来就有木马玩具，每个体面的父亲只要是愿意幸福，就应该知道这一点。他将把挣来的钱送到那里去，而不是跟在马路上找来的女人一起在小酒馆里喝掉，哪怕是这个花园，退一步说，不能养活他的全家（譬如说法国吧，土地实在太少），没有工厂就没法活，可是最低限度得让他知道，他的孩子们成长不能离开土地和树木，他们得捉鹌鹑玩，得上学，而学校在田野上，他本人一辈子劳动，挣足了钱，也得到那里来歇歇，然后再离开人世。有谁知道，花园也许足以养活全家，况且也没有必要害怕工厂——工厂就建在花园里。一句话，我不知道这一切将如何实现，但知道必定会实现，必定会有花园。请您记住我的话，再过一百年之后，您想想我在埃姆斯那座人工花园里置身于那些矫揉造作的人中间对您议论了些什么。人类将在花园里更新，被花园所改善——这就是公式。请看以前是怎样的：起初是城堡，城堡附近是土窑，城堡里面住的是男爵们，土窑里面住的是农奴。后来在有围墙的城市里缓慢地兴起了资产阶级，显得微不足道。与此同时，城堡结束了存在，出现了国王的首都，这已经是大的城市，有王宫和朝臣的宅邸，一直持续到我们这个时代。在我们这个时代，发生了可怕的革命，资产阶级取得了胜利。伴随着资产阶级，出现了巨大的城市，就连做梦都从来没有见到过。人类以前从没有见到过19世纪出现的那些大城市。这些城市里建有水晶的宫殿，举办全球博览会，有银行、收支预算，河流被污染，修有码头，开办各种各样的联合体，周围则是工厂。现在正在期待着第三个时期：资产阶级完结，人类开始新生。那时，人类将按照公社分配土地，开始生活在花园里。'人类将在花园里更新，被花园所改善'。就是这样，城堡、城市和花园。您假如愿意赞同我的整个想法，那么在我看来，孩子们，真正的，也就是人的孩子们，应该诞生在土地上，而不是诞生在马路上。然后可以生活在马路上，但是一个民族则大多数应该诞生和成长在土地上，在生长粮食和树木的沃土上。而如今欧洲的无产阶级——无一例外地全都在马路上。可是在花园里，孩子们将像亚当一样，直接从土地里跳出来，长到十岁的时候，本来希望玩耍，却得进工厂，站在机床前累断脊梁骨，在资产阶级所崇拜的卑劣机器前使头脑变得愚钝，在无数的煤气喷嘴前毁掉想象力，而道德——被工厂的堕落所毁坏，就连所多玛 [1] 都不曾有过这样的堕落。这是些十岁的男孩，这也是些十岁的女孩，是在什么地方，正是在此处，而在我们俄国，土地则非常多，工厂还寥寥无几，每个小镇只是为了三个书吏而存在。如果说我在什么地方看到了未来的萌芽，或者说是未来的思想——那就是在我们俄国。为什么是这样呢？因为在我们那里民间至今还完整地保存着一个原则，具体地说就是：土地对于人民来说就是一切，他们从土地中培育一切，并且从土地中取得一切，这样

---

[1]《圣经》中城市，居民腐化堕落，后来受到神的惩罚，毁于火雨和地震。

的人甚至还居大多数。但主要的则在于：这也就是人类的正常法则。土地里面有一种神圣的东西。如果您想要把人类往好的方面改造，使之从近乎野兽变成人，那么您要是给他们土地——就能达到目的。虽然在我们那里土地和村社处于最糟糕的状态，但我相信——毕竟是实现未来思想的巨大萌芽，事情就是这样。在我看来，土地制度，这是全人类处处都存在的问题。每个国家的制度——政治的、行政的乃至任何的——经常都与这个国家的土地和土地占有的性质联系在一起的。土地占有制具有什么样的性质，其余的一切也就具有什么样的性质。如果说我们俄国如今存在着什么最混乱的，那就是土地占有制度，土地占有者对待工人以及相互间的态度，土地耕种的性质。目前这一切还没有稳定下来，您就别想在其余的一切方面求得稳定。我并不指责任何人和任何事：这是全世界的历史——我们懂得。在我看来，我们由于土地的和谐而为农奴制所付的赎金太便宜了。我们正在其余的一切方面为这种和谐而奋斗，这种和谐——又是人民的基础之一，在我们那里波图金之流至今还在反对这些基础。您瞧，我们那些铁路，我们那些新的银行、联合体、信贷——这一切，在我看来，都是破烂，说到铁路，我只认为那些具有战略意义的有必要修建。这一切只有在土地问题解决好之后才应该建设，到那时这将会自然出现，而现在仅仅是交易所的赌博，犹太人倒是高兴得浑身发抖。您在笑，您不同意，随您的便；我刚刚读了一个俄国地主的回忆录，是他在本世纪中期写的——他早在 20 年代就希望给自己的农民以自由。这在当年可是少见的新闻。他到了乡下，在那里建了学校，教农民孩子唱教会的合唱。邻近的一个地主去到他那里，听了合唱，说道：'您想的办法很好；您现在把他们教会，可能会找到人把整个合唱队购买去。会有人喜欢的，您可以从这个合唱队得到一笔大钱。'这就是说，那时还可能出售合唱队，由买主把这些孩子带走，让他们远离父母，那么说，解放农民在俄国还是一种耸人听闻的怪事。他亲自向农民们说起这种怪事来；农民们听了之后都大为震惊，感到莫名其妙，相互间商议了很久，然后对地主说：'那么土地呢？''土地归我；房子庄园归你们，土地的收成你们每年给我一半。'农民们搔了搔头，说道：'不，最好还是跟早先一样吧，我们是您的，而土地是我们的。当然，这让地主大吃一惊，他说：野蛮的人民，甚至连自由都不愿意要，道德堕落了，自由——是人的首要的福祉，等等，等等。后来便由此产生一句谚语，或者说是公式：'我们是您的，而土地是我们的。'——这已尽人皆知，任何人都不感到奇怪。然而最重要的是：只要拿欧洲来比较一下，对世界历史的这种理解是'很不自然的，是不伦不类的'，这是从哪儿来的呢？请您注意，恰恰是在这个时候，我们的一些聪明人之间爆发了一场激烈的战争，争论的是：'实际上我们那里是否存在着人民的基础，值得有教养的人去注意？'不，请原谅：就是说，俄国人从一开始从来都不能想象自己没有土地。但这里最奇妙的是，农奴制废除以后，人民还照旧没有放弃这个公式的本质，大多数人还都不能想象自己没有土地。他们不愿意要没有土地的自由，就是土地高于一切，是一切的基础，土地——就是一切，他们其余的一切皆取自土地，就是说，自由、生命、荣誉、家庭、子女、秩序、教堂——一句话，一切宝贵的东西全都来自土地。正是由于这个公式，他们才一直坚持着诸如村社这类事物。村社是什么呢？有时比农奴制还让人难以忍受！关于村社土地所有制，许多人都谈论过，人人皆知，它有许多妨碍经济发展的因素；可是其中也包含着新的美好理想的未来萌芽，人人都期待着这种未来，不知道如何到来，可是唯独我们却有其萌芽，唯独我们才能实现它，不是通过战争和暴动，而又是通过伟大的普遍协商，因为为了它如今已经付出了巨大的牺牲。到那时，孩子们将诞生在花园里，他们将健康地成长，十岁的小姑娘不再跟工厂工人一起在小酒馆里喝下等烧酒。可是在我们这个时代，孩子们成长实在太艰难了，先生！我本来只想谈谈孩子，为此而打扰您了。孩子——这是未来，人们只爱未来，有谁会为现在而不安呢？当然不是我，或许也不是您。因此人们也就爱孩子胜过一切。"

优秀人物

优秀人物——这是一个值得说上几句的题目。这指的是那样一些人，离开他们，任何社会，任何民族，尽管处在极其广泛的权利平等的条件下也不能生存。很自然，优秀人物有两类：（1）民众和民族自愿而又自由地在其面前鞠躬，尊敬他们真正的英勇；（2）民众或民族中所有的人或者非常多的人在其面前鞠躬，但已经是出于迫不得已，如果把他们也算作是"优秀人物"，那已经有些勉强，而与实际不完全相符。这类"勉强"的优秀人物是经官方认可的，就社会秩序的高尚目的和治理社会的坚决性来说，他们被认为是优秀的，对于他们的存在——大可不必抱怨：因为这一类"优秀人物"是按照历史法则而产生的，在各个民族中，在各个国家中，从开天辟地一直存在至今，因此任何一个社会离开这种自愿的强制都不可能秩序井然，不可能形成一个整体。任何一个社会，为了能够生存和长治久安，就必须尊敬某个人或者某一事务，并且主要的是整个社会同心同德，而不是每个人随心所欲。因为第一类优秀人物，亦即真正英勇的，民族的全体成员或者绝大多数成员在其面前衷心地和毫不怀疑地鞠躬，他们有时面貌模糊，难以察觉，因为甚至是理想化的，有时难以辨认，具有奇异的特点，而外表上时常甚至不很体面，于是另一类优秀人物便勉强代替他们，在官方的保护下成为特殊的优秀人物帮派："好吧，那就尊敬他们吧。"如果这些"勉强的"确实符合第一类优秀人物（因为第一类里并非人人都具有不体面的外表）的标准，并且确实是英勇的，那就不仅完全地，而且双份地达到了目的。我国的这种优秀人物起初是大公的武士，后来是大贵族、神职人员（但只是上层的），甚至某些著名的商人——但后者数量甚少。应该指出，这些优秀人物，在我国也好，在别处，亦即在欧洲也好，随时随地都形成一套英勇和操节的严谨规范，尽管这种规范总体来说当然经常是相当勉强的，与民众的理想有时甚至大相径庭，但其中某些条款却也是相当高尚的。"优秀的"人必须为祖国而捐躯，如果要求他做出牺牲，他的确能按照操节的义务而死，"因为我的家族将遭受巨大的损失"——这样做当然比丧失名誉要好得多，一个人如果不顾羞耻，他就会丢掉一切，在危险的时刻里逃跑躲藏起来："让世界上的一切都完蛋好了，只求我和我的生命完好无损。"我们这里很长时期都曾是这样的，应该再一次指出，在我们俄国，这种勉强的优秀人物经常并且在许多方面都是在其理想上与毫不勉强的即民众的优秀人物相一致的。当然，并非在一切方面，甚至距离甚远，但是最低限度可以大胆地说，与欧洲相比，当时俄国大贵族和本国人民在道德上更为接近。那时在欧洲，胜利的专权者——骑士和战败的奴隶——人民之间几乎是互不相容。

可是在我们这里，在我们的优秀人物的组织中突然间出现了某种激烈的变化。全体优秀的人物根据皇上的谕旨被划分成十四个等级[1]，一个等级高于另一个等级，像是阶梯一样，于是人的英勇分成十四个等级，每个等级都各有其德文的名字。这种变化后来进一步发展了，并没有达到最初设定的目的，因为它极大地扩展了旧有的障碍。从社会低层涌现出新的力量，用我们的术语来说，就是民主力量，特别是那些教会中学毕业生[2]。这个浪潮给优秀人物的阵营带来了许多生机盎然和富有成效的东西，因为出现

---

[1] 沙皇俄国自彼得大帝时代起，文官分为十四个等级。

[2] 指平民出身的知识分子。

一批很有才干的、具有新的观点的受过教育的人，他们在当时还是默默无闻的，虽然当时非常看不起自己以前的出身，但已急于改变身世，通过宦途尽快地成为正牌的贵族。应该指出，除了教会中学毕业生，民众和商人中间只有很少的人挤进了"优秀人物"的行列，贵族仍然继续处于民族的领导地位。优秀人物的行列组织得非常严密，当时，金钱、财产、黄金已经主宰了整个欧洲，在那里已被衷心地认为是构成英勇、构成人以及人与人之间美好的一切，可是在我们俄国——我们对此记忆犹新——譬如说将军被看重到这种程度，最有钱的商人如果能邀请他共进午餐，就是莫大的荣幸。我不久前读了一件趣闻，如果事先不知道那完全是实有其事，简直就无法相信。这说的是彼得堡一名女士，出身于高等社会，一次晚会上在大庭广众面前，赶走一个拥有千万巨富的商人妻子，占据了她的位置，而且还当众辱骂了她——这不过是发生在三十年前！况且也应该说，这些"优秀人物"在自己的位置上坐得十分牢固，获得了些至非常好的条件，譬如必须接受某种教育，因此优秀人物的整个群体当时是俄国最有教养的阶层，是俄国文化（不管这是什么样的文化）的维护者和体现者。没什么好说的，他们也是操行规范唯一的维护者和体现者，但已经完全是按照欧洲的标准了，因此最后规范的形式完全压倒了内容的真实性：正派的规矩很多，正派的人最后却寥寥无几了。这个时期，特别是在其末期，"优秀"阶层在自己的"优秀人物"理想方面已经远远离开人民，因此几乎是一听到民众的"优秀"观念，甚至哈哈大笑。可是俄国突然间发生了一个巨大的转折——废除了农奴制，各个方面都发生了深刻变化。诚然，十四个等级仍然保留下来，跟从前一样，可是"优秀人物"却好像是发生了动摇。突然间失去了对社会公众的那种魅力，对"优秀"的看法好像是发生了变化。诚然，不是往好的方面发生变化；不止于此，对优秀的理解也出现了极端的混乱和模糊不清；尤其是从前的观点已经不能让人满足，于是许多人的思想中出现了一个极其严肃的问题："如今什么人可以算是优秀的，而更主要的是，到哪儿能找到这种人，谁将承担起宣布他们是优秀人物的使命，而且根据什么？是否需要什么人承担这一使命？这些新的根据是否清楚，谁相信这就是重新树立许多事情的根据？"是的，许多的人都开始思考这些问题……

普希金（概论）[1]

6 月 8 日在俄国文学爱好者协会集会上的讲话

果戈理曾经说过："普希金是俄国精神异乎寻常的，也可能是独一无二的现象。[2]"我要补充说：还是预言性的。是的，他的出现对于我们俄国人来说，无可争议地是预言性的。我们的正确自我意识产生于彼得大帝改革整整一百年之后，普希金正是在这种意识刚一开始时到来的，他的出现有力地促进了我们的道路从黑暗转向光明，照耀着我们前进。从这个意义上说，普希金就是预言家和指路人。我把我们伟大诗人的活动分为三个阶段。我现在

---

[1] 1880 年 6 月 6 日，莫斯科举行普希金纪念碑落成典礼，本文是陀思妥耶夫斯基于 6 月 8 日在俄国文学爱好者协会集会上的纪念讲演。

[2] 引自果戈理的《谈谈普希金》一文。

不是以文学批评家的身份在讲话：涉及普希金的创作活动，我只想就他对我们所具有的预言性意义阐述我的一些想法，并且说明我使用这个词所指的是什么。但需要顺便指出，普希金活动的各个阶段相互之间并没有严格的界限。譬如说，创作《奥涅金》的开始，在我看来尚属于诗人活动的第一个阶段，可是《奥涅金》却结束于第二个阶段，此时普希金已经在祖国找到了自己的理想，并且以自己那充满爱的敏锐的灵魂全心全意地爱上了它。通常都说，普希金在其活动的第一个阶段模仿欧洲诗人：帕尔尼[1]、安德烈·谢尼埃[2]等人，尤其是拜伦。

是的，欧洲诗人们对他的天才的发展无疑有过巨大影响，并且对他整个一生都保持着影响。然而，即使是普希金最早的一批长诗也不只是模仿之作，其中已经表现出他的天才非凡的独立性。在模仿中，任何时候也不会出现诸如普希金在《茨冈》中所表现出来的那种独立的痛苦和深邃的自我意识——我把这部长诗完全归为他创作活动的第一个阶段。假如他只是模仿，就绝不可能有如

---

[1] 埃瓦里斯特·德·帕尔尼（1753—1814），普希金少年时期最喜爱的法国诗人之一。

[2] 安德烈·谢尼埃（1762—1794），法国大革命时期的诗人，普希金写有纪念他的《安德烈·谢尼埃》一诗。

此的创作力量和如此的神速，对此无须赘言。在长诗《茨冈》主人公阿乐哥的典型中表现出来的，已经是强有力的和深刻的纯粹俄国的思想，这种思想后来又在《奥涅金》中和谐而完美地得到表现，这时几乎还是那个阿乐哥，但已不再笼罩着幻想的光辉，而是以具体可感的现实的和可以理解的形式出现。普希金通过阿乐哥在祖国的土地上寻求并且天才地发现了那种不幸的游荡者，那种历史的俄国受难者，这种人物出现在我们脱离人民的社会中，有其历史的必然性。普希金当然不能只是在拜伦那里寻找这种人物。这种典型在我国是经常存在的，他长久地植根于我们俄国的土地，被准确无误地捕捉到了。这些无家可归的俄国游荡者直到如今还在继续游荡，并且看来很长时期内还不会消失。即使在我们这个时代，他们已不再到茨冈营地，在茨冈人[1]原始而独特的生活中寻求自己的世界理想和大自然怀抱中的安宁，以逃避我们俄国知识界混乱而荒唐的生活，那么也会沉湎于阿乐哥那个时代尚不曾有的社会主义，带着新的信仰到另一块田野去，在那里狂热地工作，像阿乐哥一样相信在自己那种异想天开的事业中定会达

---

[1] 茨冈人，即吉卜赛人。

到自己的目标，不仅会取得个人的幸福，而且也会实现全世界的幸福。因为俄国游荡者所需要的正是全世界的幸福，这才能使他们安宁：目标过小，不会使他们安定下来——当然，这一切暂时还都只停留在理论上。这也还是那种俄国人，只不过是出现在不同的时代罢了。这种人，我重复一遍，恰好是在彼得大帝改革刚刚过去一百年之后在我们脱离人民，脱离人民的力量的知识社会中产生的。噢，绝大多数有知识的俄国人无论是当年在普希金那个时代还是如今在我们这个时代都规规矩矩地在官场、财务机关或铁路和银行服务，或是采用各种手段挣钱，或是从事科学，在大学讲课——这一切都按部就班，平静而安详地进行着，他们领取薪俸，玩纸牌，任何人也不打算跑到茨冈营地或者别的更符合我们时代气息的地方去。许许多多"带有欧洲社会主义色彩"的自由主义言论发表了，但是这已被赋予某些俄国的温和性——这一切只不过是时代的问题。一个人还没有开始不安分，而另一个人已经走到关闭的大门前并且在上面狠狠地把前额撞起一个大包，这也就无话可说了。如果不走上与人民和平交往这条拯救之路，人人或迟或早都会遭到相同的下场。退一步说，并非人人都有这种下场：仅仅是那些"精英"，仅仅是十分之一的不安分者，就足以使其余的大多数人因为他们而不得安宁。当然，阿乐哥还不会正确地表达自己的苦闷：这一切在他那里还都很抽象，他只是思念大自然，为真理的失落以及他无论如何也找不到真理而哭泣。这里多少有些让－雅克·卢梭[1]的味道。这真理是什么，它能出现在哪里，它是何时失落的，当然，他自己也说不清，可是他却由衷地感到痛苦。一个耽于幻想而又没有耐性的人渴望得到拯救，但仅仅寄希望于外界的力量，结果势必是："真理在他身外，可能是在别的国家，譬如在拥有坚实的历史基础和牢固的社会政治生活的欧洲国家。"因此他永远也不会懂得，真理首先是在他自身，他也确实是无法懂得这一点：他身在自己的国家却不是自己人，他已经有整整一个世纪脱离了劳动，没有文化，像一个寄宿学校的女学生一样，是被关在四堵墙里长大的，履行一些奇怪的义务，这些义务不属于我们俄国知识界分成的十四个等级中任何一个等级。他充其量只不过是一棵断了根的小草，在空中飘来飘去。他也感觉到这一点，并为此而痛苦，往往是痛苦不堪！他可能是出身于世袭贵族，甚至占有大量农奴，他出于贵族的任性，竟然异

---

[1] 让－雅克·卢梭（1712—1778），法国启蒙主义思想家和作家，欧洲浪漫主义的先驱。

想天开，向那些生活在"法律之外"的人讨好，一度在茨冈营地干起耍狗熊的把戏，这有什么好说的呢？不言而喻，一个女人，用一个诗人的话来说，"一个野蛮的女人"所能够给他的最多也只是结束他的苦闷的希望，可是他却轻率而又以狂热的信心投入真妃儿的怀抱，并且说："这就是我的归宿，这就是我的幸福之所在，正是在这里，在大自然的怀抱中，远离上流社会，在这些没有文明、没有法律的人中间！"然而，结果却是：在与原始大自然条件的首次冲突中，他就没能经受住考验，用鲜血染红了自己的双手。这个不幸的幻想家不仅对于世界和谐来说，甚至对于茨冈人来说也是无益的，于是他们驱逐了他——没有报复，没有愤恨，宽宏大量而且忠厚质朴地驱逐了他：

> 离开我们吧，高傲的人；
>
> 我们野蛮，我们没有法律，
>
> 不折磨别人，不判人死刑。

这一切当然都是幻想出来的，可是"高傲的人"却是现实的，塑造得很准确。在我国，普希金是第一个捕捉到他的，必须牢记这一点。可是恰恰是他，稍不顺心，他就因自己的委屈而折磨和处死他人，或者甚至更恰当些说，他想起自己是属于那十四个等级中的某一个等级，也许（因为事实上也就这样发生了）就大声呼吁折磨人和处死人的法律，只是为了他个人的委屈实施报复。不，这部天才的长诗绝不是模仿之作！这里提示了问题的俄国解决方式，按照人民的信仰和真理，对那个"万恶的问题"应该这样解决："驯服吧，高傲的人，首先粉碎你的高傲。驯服吧，游手好闲的人，首先要到人民的田野去劳动。"这就是按照人民的真理，按照人民的智慧的解决方式。"真理不在你身外，而在你自身；在你自身找到它吧，让你服从你自己，控制你自己，你就会见到真理。这真理不在物中，不在你身外，不在海外什么地方，而首先在你完善你自己的劳动之中。你要是能战胜你自己，能使你自己驯服——你就会自由，你任何时候都未曾想象过能如此自由，于是你便开始了伟大的事业，使别人也都变得自由，并且看到幸福，因为你的生活会得到充实，最终你就能理解自己的人民及其神圣的真理。世界和谐不是在茨冈人那里，也不是在任何地方，如果你自己首先就不配它，你愤恨和高傲，你要求生活无偿地给予你，甚至不认为有必要为它付出代价。"普希金的长诗里已经很明确地提示了问题的这种解决方式。这在《叶甫盖尼·奥涅金》中表达得更加明确，这部长诗已不再是幻想出来的，而是明显现实的，其中体现的是真正的俄国生活，其创作力量和完整性是在普希金之前所不曾有过的，在他之后也未必会有。

奥涅金来自彼得堡——必定是来自彼得堡，在长诗中毫无疑问必须是这样，普希金绝不可能放过主人公生平中如此重大的现实细节。我再重复一遍，这还是那个阿乐哥，特别是他后来在苦闷中慨叹道：

> 为何我不像图拉那位陪审员，
>
> 四肢瘫痪，永远卧床不起？

可是如今，在长诗的开头，他还是半个花花公子和交际场上的红人，生活的时间还太少，没来得及对生活产生失望。可是，高贵的寂寞的魔鬼偷偷地开始造访他，使他不得安宁。

身居偏僻的乡下，祖国的中心，他感到不是住在自己的家。他不知道他在这里该做些什么，因此感到自己仿佛是在做客。后来，他在苦闷中游荡祖国各地和异国他乡，他为人聪明，这是无可争议的，也很真诚，这也是无可争议的，在外人那里他更加感到自己也是个外人。诚然，他爱自己的祖国，可是却不信任她。当然，他也听说过祖国的理想，可是他却不相信它。他只是相信完全不可能在祖国的田野上从事任何工作，而有人相信这种可能性，他则以忧郁的嘲笑眼光来看待这种人——这种人无论是当时还是现在都为数不多。他只不过是由于忧郁而杀死了连斯基，这种忧郁也许是由于向往世界理想而产生的——在我们看来这是十分可能的。达吉雅娜却不是这样：这是一个牢牢地植根于土壤中的坚强的典型。她比奥涅金深沉，当然也比他聪明。她仅仅凭着高尚的本能就已感觉到真理在哪里和表现在什么地方，长诗的结尾体现出了这一点。假如普希金能用达吉雅娜的名字，而不用奥涅金的名字为自己的长诗命名，那么也许会做得更好一些，因为她是长诗的主要人物，这是无可争议的。这是一个正面的典型，而不是反面的典型，这是真正美的典型，这是对俄国妇女的赞颂，诗人在达吉雅娜和奥涅金最后一次相逢的著名场面中赋予她说出长诗主题思想的使命。甚至可以说，这样美好的俄国妇女的正面典型在我国文学中几乎是再也没有出现过——唯有屠格涅夫《贵族之家》中的丽莎或许是例外。可是奥涅金惯于傲视一切，这种作风使他初次与她相逢时甚至完全没能认识到达吉雅娜的价值，这个朴直、纯洁无瑕的少女在这偏僻的乡下初次站在他面前表现得如此怯懦。他没能在这个可怜的小姑娘身上看出尽美尽善来，也许是的确把她当成了"道德的稚子"。她倒也是个稚子，这是在她给奥涅金写信之后！如果说长诗中有谁是道德的稚子，那就是他，奥涅金自己，这是无可争议的。是的，他完全不可能认识她：难道他了解人的心灵吗？他是个抽象的人，是个不安分的终生幻想家。后来在彼得堡，他在这个显赫的贵妇身上也没能认识她，尽管用他自己在给达吉雅娜的信中的话来说，"对她的完美已经心领神会"。然而，这只不过是句空话：她在他的生活中没有被他所认识和正确评价，便从他身边走过去了；这也就是他们的罗曼史的悲剧。噢，当年在乡下，他和她首次相逢时，要是恰尔德·哈罗尔德，或者拜伦爵士本人从英国来到此地，发现了她那怯生生的纯朴的美，并且为他指出了她——噢，奥涅金就会立刻感到惊讶和诧异，因为在这些世界受难者身上有时精神上的奴性太多！可是并没有发生这种事，于是这位世界和谐的探索者便向她说了一番大道理，并且做得还算是很诚实，可是，由于愚蠢的愤恨使自己的双手沾满了鲜血，然后就怀着自己的世界苦闷到祖国各地去游荡。然而，他对祖国却视而不见，身体健康、精力沸腾的他诅咒着惊呼：

> 我年轻，我身上生命力旺盛，
>
> 我等待着什么，苦闷，苦闷！

达吉雅娜明白这一点。诗人在小说那些不朽的诗段中描写了她造访这个对于她来说还是个谜的怪人的故居。我姑且不谈这些诗段的艺术性，不可企及的美和深刻。请看她在他的书房中，她翻弄他的书籍和物品，努力根据这些东西来猜测他的心灵，解开自己那个谜，于是不再是"道德的稚子"了，陷入沉思，最后面带奇怪的笑容，预感到谜底即将揭开，轻轻地启动双唇：

> 莫非他只有模仿的歪才？

是的，她应该说出这句话来，她已经揭开谜底。后来过了很长时间，他们在彼得堡再次相逢，这时她已完全认清他。顺便说一下，谁能说，上流社会的宫廷生活已开始腐蚀了她的灵魂，正是贵妇的显赫地位和上流社会的新观念部分地成为她拒绝奥涅金的原因？不，不是这样。不，这还是那个达妮娅，还是从前那个乡下姑娘达妮娅！她没有被败坏，相反，她讨厌彼得堡那种奢侈的生活，她受到损害，因此而痛苦；她憎恨自己那种贵妇的显赫地位，有谁不这样评价她，那他就完全没有理解普希金所想要说的。请看她果断地对奥涅金说：

> 可是我已嫁给别人，
>
> 我要对他永世忠贞。

她这么说恰恰因为她是俄国妇女，这正是她值得赞颂之所在。她说出了长诗的真正思想。噢，至于她的宗教信仰、她对婚姻的神秘观念，我只字未提——不，我不涉及这些。可是，尽管她对他说"我爱您"，但是否因此才拒绝跟他出走呢？她是不是因为她是"俄国妇女"（而不是南方妇女或者法国妇女）就没有能力迈出勇敢的一步，没有力量打碎自己的羁绊，没有力量牺牲名誉、财富、上流社会地位的诱惑和保持高尚品德的条件呢？不，俄国妇女能够。俄国妇女凡是她所相信的，都会勇敢地追随，她已证明了这一点。可是她"既已嫁给别人，也就必定永远对他忠贞"。对谁和对什么事情忠贞？忠于什么义务？忠于那个年老的将军，她因为爱奥涅金而不能爱他，所以嫁给他只是因为"母亲含着泪水祈求"她，而在她那颗被损害的和受伤的心灵里当时所剩下的唯有绝望，没有任何希望和丝毫光明，是这样吗？是的，她忠贞于这位将军，因为他是她的丈夫，为人正直，爱她，尊敬她并为她而骄傲。就算是"母亲祈求"她，可是，是她，而并非别的任何人，表示同意，她自己发誓做他忠实的妻子。就算是她由于绝望才嫁给他，可是现在他是她的丈夫，她的背叛会使他蒙受耻辱，会置他于死地。难道一个人能把自己的幸福建筑在他人的痛苦之上吗？幸福不只在于爱情的欢乐，而且在于精神的高度和谐。假如你有过某种不正直的、残忍的、不人道的行为，那么何以使灵魂得到安宁呢？仅仅因为这里有我的幸福，她就出逃吗？可是，假如这种幸福是建筑在他人痛苦之上的，那还算是什么幸福？诸位不妨设想一下，你们想要建造一座人类命运的大厦，最终的目的是使人们幸福，给他们以和平和安宁。请再设想一下，为此必须而且不可避免地得让一个人受苦，而这个人就算是很不配享有幸福，甚至用另一种观点来看，很可笑，并非莎士比亚一类的人物，只不过是个正直的老人，年轻妻子的丈夫，他盲目地相信她的爱情，尽管根本不了解她的心，但尊重她，为她而骄傲，因她而幸福和安宁。可是却要使他蒙受耻辱，丧失名誉和遭受痛苦，并且要以这个被损害了名声的老人的眼泪为基础建造起你们的大厦！在这种条件下，诸位能否同意当这座大厦的建筑师？这就是问题。诸位是否认为你们为之建造大厦的那些人会同意从你们手中接受这种幸福，而不顾大厦的基础里充填着一个哪怕是很渺小，但却无辜的，受到不公正折磨的人的苦难？他们即使是接受了这种幸福，可是他们真的能够幸福吗？请问，具有高尚灵魂的达吉雅娜，心灵遭受了如此的痛苦，她能做出另外的决定吗？不能。请看这颗纯粹的俄国灵魂是怎样决定的："退一万步来说，只有我一个人失去了幸福，就算是我的痛苦比这个老人的痛苦无限深重，就算是任何人，也包括这个老人在内，任何时候都不会了解我的牺牲，不会给它以应有的评价，可是我仍然不愿毁掉他人而使自己幸福！"这里就是悲剧，它也在演出，界限不可越过，为时已晚，于是达吉雅娜便把奥涅金打发走。人们会说：奥涅金也很痛苦，她拯救了一个人，却毁掉了另一个！请原谅，这里还有另外一个问题，也许是长诗里最重要的问题。顺便说一下：达吉雅娜为什么没有随同奥涅金出走？这个问题在我们这里，至少是在我们文学界，有过非常典型而又很独特的历史，因此我斗胆地就这个问题发挥一下。最为典型的是这个问题的道德解决在我们这里曾经长时期地引起怀疑。[1]我是这样想的：假如达吉雅娜自由了，假如她的丈夫死掉，她成为寡妇，那么她也不会跟随奥涅金出走。是不是需要理解这个人物性格的全部本质呢？她本来已经看清他是个什么样的人：一个永久的游荡者突然见到，他从前所看不起的那个女人处于新的高不可攀的辉煌灿烂的环境之中——这种环境也许就是问题的全部本质。这个当年几乎是为他所鄙视的小姑娘，如今却受到上流社会的崇拜——上流社会对于奥涅金来说可是个威严的权威，别看他有着世界性的追求——因此他就迷恋地拜倒在她的脚下！他惊呼，这就是我的理想，这就是能拯救我之所在，这就是能结束我的苦闷之所在，我已经看清："幸福可能实现，就在眼前！"跟从前阿乐哥对真妃儿一样，他又热烈地追求达吉雅娜，在新的美妙的幻想中寻小解决自己一切问题的妙方。可是难道达吉雅娜没在他身上看到这一点，她岂不是早已把他看透？她

---

[1] 指别林斯基对达吉雅娜形象的分析。

清楚地知道，他爱的实际上是自己新的幻想，而不是她，不是跟从前一样温顺的达吉雅娜！她深知，他把她当成了别的人，而不是当成她本来那样，他所爱的甚至不是她，他可能是什么人都不爱，他甚至没有能力爱什么人，别看他如此痛苦地受着折磨！他爱的只是幻想，他本人就是幻想。假如她跟随着他出走，他明天就会失望，就会以嘲笑的眼光来看待自己的迷恋。他脚下没有任何土壤，他是一棵随风飘荡的小草。而她却完全不是这样：她虽然也失望，也痛苦地意识到自己的生活已被毁掉，可是即使是在这种失望和痛苦之中也仍然有某种牢固的和坚不可摧的东西可做她心灵的柱石。这就是她对童年的回忆，对故土，对偏僻乡下的回忆，她在那里开始了温顺和纯洁的生活——这就是"可怜的奶娘坟头的十字架和树枝的阴影"。噢，她如今所剩下的唯有这些回忆和从前的形象，但它们却可能拯救她的心灵，使其免于彻底失望。这就不算太少，不，这已经很多，因为全部基础都在这里，这里有着某种毫不动摇和牢不可破的东西。这就是与祖国，与本国人民，与其一切神圣的东西密切接触。可是他有什么呢，他是个什么样的人呢？她是不是出于同情就得跟随他出走，仅仅是为了安慰他，出于无限的爱情怜悯，哪怕是暂时地给他一种幸福的幻影，而明明料到他明天就会以嘲笑的眼光来看待自己的幸福。不，有一些坚强而深邃的灵魂不能故意地让自己神圣的东西蒙受耻辱，哪怕是出于无限的同情也好。不，达吉雅娜不可能跟随奥涅金出走。

因此，普希金在《奥涅金》这部不朽的和登峰造极的长诗中成为一位伟大的人民诗人，在他以前任何时候任何人也不曾是这种人民的诗人。他以最准确、最敏锐的方式一下子就指出了我们最深处的本质，击中了我们高居于人民之上的上层社会的要害。他塑造了俄国游荡者的典型，在我们这里从前有过这种游荡者，今日也还存在；他以其天才的敏感，第一个捕捉到他，预测出他的历史命运，也展示了他在我国未来发展中的巨大意义，与此同时又通过俄国妇女刻画了一个无可争议的美的正面典型与之相对照。普希金在这个阶段其他一些作品里，自然在俄国作家中也是第一个在俄国人民身上找到了正面美好的典型，并把一系列这种典型展现在我们面前。这些典型主要的美就在于其真实，无可争议的和具体可感的真实，因此他们是不容否定的，像石塑雕像一样巍然屹立。我再一次提醒诸位：我并不是作为文学批评家在讲话，因此不想通过对我们伟大诗人这些天才作品特别详尽的讨论来阐述我的想法。举例来说，关于那个作为修士的俄国编年史家[1]就可以写出一整本书来，才能指出这个庄严的俄国形象对于我们的重要性及其全部意义，这个形象是普希金在俄国大地上发现的，经过他的刻画和塑造，如今已屹立在我们面前，将永远显示其无可争议的温顺而庄严的精神美，是人民生活强大精神的证明，唯有人民生活才能提供这种无可争议地真实的形象。这个典型一经出现便将永存，不容否定，绝不能说他是杜撰的，仅仅是诗人幻想和理想化的产物。诸位自己会看到并且会同意：是的，的确如此，因此也是创造了他的人民精神的体现，从而也是这种精神的生命力的表现，这种力量强大而又无边无际。在普希金那里处处都可以听到对俄国性格的信念，对他的强大精神力量的信心，既然是信念和信心，那么也就是期望，是对俄国人的伟大期望。

　　在对光荣和善良的期望中

　　我无所畏惧地望着前方，——

---

[1] 指普希金的历史悲剧《鲍里斯·戈都诺夫》中庇明的形象。

诗人本人在另一个场合这样说，但他这番话可以直接用在他整个民族性的创作活动上。无论是在他之前还是在他之后，任何时候也没有任何一个俄国作家能像普希金那样与自己的人民结合得如此真挚和亲密。噢，我们的作家中有许多人非常熟悉人民，很有才华，怀着热爱准确地描写人民，可是如果把他们跟普希金相比较，说实在的，在他近期的追随者中间，迄今为止，只有一个，最多只有两个例外，其余的都只不过是描写人民的"老爷"。其中最有才华的，甚至我刚刚提到的这两个例外也包括在内，也会不时地突然闪现出高傲的态度，某种来自另一种生活和另一个世界的东西，希望把人民提到自己的高度，用这种提高来使其幸福。可是普希金却是实实在在地与人民亲密无间，甚至几乎达到最纯朴的令人感动的程度。请看那篇关于熊的故事，讲的是一个农夫如何杀死了他的变成母熊的地主太太，或者想一想如下的诗句：

　　亲家伊万，我们来喝上一杯，——

诸位就会明白我想要说的是什么。

我们伟大诗人所留下的全部艺术宝藏都具有深刻的艺术洞察力，对于未来追随他的艺术家来说，对于未来将在这块田野上劳动的人来说，仿佛是指路明灯。可以肯定地说：要是没有普希金，就不可能有随他之后而出现的那些有才华的作家。至少是他们的才华不会如此鲜明而有力地表现出来，虽然他们后来在我们今日已经显露出他们的伟大才干。可是问题不仅仅在于诗，不仅仅在于艺术创作；要是没有普希金，也许我们就不会对我们俄国的独立性建立起不可动摇的信念，对我们人民的力量建立起现在这种自觉的期望，对我们在欧洲各族人民大家庭中未来的独立使命建立起信心。假如能仔细考察一下被我称为他的艺术活动的第三个阶段，就会特别明显地看出普希金的这一功绩。

* * *

我要一而再地重复说：这几个阶段没有严格的界限。甚至这第三个阶段的某些作品也可能出现在我们诗人的诗歌创作活动刚一开始，因为普希金任何时候都是一个完整的有机整体，其自身内部一下子便孕育了所有的萌芽，而不是接受自外部。外部仅仅唤醒了已经埋伏在他心灵深处的东西。然而，这个有机的整体也是在发展的，这种发展的各个阶段的确可以分辨出来，可以指出其中每个阶段的独特性质以及该阶段从另个阶段演化的渐进性。因此，他的一系列作品闪耀着全世界思想的光辉，反映了其他民族的形象并体现了他们的天才，可以把这类作品归为第三个阶段。这类作品中有一些是在普希金逝世以后才问世的。我们的诗人在自己活动的这个阶段几乎可以说是个奇迹，在他以前的任何地方和任何人那里都闻所未闻和见所未见。实际上欧洲各国文学中也曾有过艺术天才的巨人——莎士比亚、塞万提斯、席勒一类的。可是这些伟大的天才中间没有任何人能像我们的普希金那样具有反映全世界的能力。这种能力主要是我们民族的能力，是他与我们人民所分享的，从而他也就是人民的诗人。最伟大的欧洲诗人从来都不能强而有力地体现别的，哪怕是与之毗邻的民族的天才、他们的精神和这种精神深处隐藏着的奥秘及其履行于肌的渴望，唯有普希金得以表现出这一点。相反，欧洲诗人们面向别的民族时也往往是按照自己的方式来理解他们，用他们的服装来体现自己民族的精神。甚至在莎士比亚的笔下，譬如说，意大利人几乎都还是清一色的英国人。在所有的世界诗人中间，唯有普希金有能力充分体现别的民族的精神。请看《浮士德》中的一些场面，再看看《吝啬骑士》和故事诗《从前有个贫穷的骑士》。请诸位读一读《唐璜》，假如没有普希金的署名，你们永远也不会认出来这不是西班牙人写的。长诗《瘟疫流行时的宴会》中的形象多么深刻而富有想象力！可是在这些富有想象力的形象中却可以听到英国的天才，这支关于长诗主人公的瘟疫之歌，这支玛莉的歌中有如下的诗句：

在吵吵嚷嚷的学校里

响起我们孩子们的语声，——

这是英国的歌，这是不列颠的苦闷，是她的哭泣，是她对自己未来痛苦的预感。请诸位再回想一下下面这句奇妙的诗：

有一次漫游在荒凉的原野上……[1]

---

[1] 引自普希金的《流浪者》（1835）一诗，该诗是根据英国作家约翰·班扬（1628—1688）的梦境幻想小说《天路历程》的开头改写的。

古代英国有一个某宗教教派信徒，用散文体写了一本奇特的神秘主义的书，上面这首诗几乎就是对该书前三页逐字逐句的改写——然而，这仅仅是改写吗？在这些诗句忧郁而又热烈的音乐中可以感觉到北方新教徒，英国异教首领，一个极端的神秘主义者的灵魂及其愚钝的不可遏止的追求和随心所欲的神秘主义幻想。读着这些诗句，诸位仿佛是听到宗教改革时代的精神，也就会理解汹涌而起的新教派运动的烈火，就会理解那段历史，不仅仅是通过思想，而且你仿佛是亲临其境，经过了教派信徒的武装营地，跟他们一道高唱他们的战歌，跟他们一起在其神秘主义的兴奋中哭泣，跟他们一起相信他们的信仰。除了这种宗教神秘主义，顺便再看看那些摘自《古兰经》或《仿古兰经》的诗句：这岂不就是穆斯林，这岂不就是《古兰经》本身的精神和它的利剑，纯朴而又庄严的信仰及其威严的血腥力量吗？而这是古代的世界，请看《埃及之夜》，请看这些高居于人民之上的人间神祇，他们鄙视人民的天才及其追求，已不再相信他们，而成为孤独的神祇，在孤独中发狂，在死前的寂寞和苦闷中用异想天开的野兽行为自娱，欣赏着昆虫交尾的乐趣，欣赏着雌蜘蛛交尾之后把雄蜘蛛吃掉的乐趣。不，我敢肯定地说，没有任何一个诗人能像普希金那样反映全世界，而且问题不仅仅在于反映，而在于反映得惊人地深刻，在于通过别的民族的精神再现自己的精神，而且几乎是完美的，因而也是奇妙的再现，因为全世界任何地方，任何一个诗人那里都没有再次出现这种现象。这一点仅仅出现在普希金那里，我再重复一遍，从这个意义上来说，他是一种闻所未闻、见所未见的现象，而对于我们来说则是预言性的，因为……因为这里表现出他最富有民族性的俄国力量，表现出他的诗歌的人民性，正是处于进一步发展之中的人民性，蕴藏在我们现在之中的未来的人民性也预言式地表现出来。因为俄国人民的精神力量不是以实现全世界性和全人类性为其最终目的，那又能是什么呢？普希金完全成为人民诗人，只要一触及人民的力量，便立即预感到这种力量的伟大未来使命。在这方面，他是预测者，是预言家。

彼得大帝的改革，不仅就未来，甚至也就业已发生的，我们亲眼所见的事情来说，究竟意味着什么呢？这场改革给我们带来些什么呢？它对于我们来说恐怕不仅仅是让我们接受了欧洲的西装、习俗、发明和欧洲的科学。让我们来认真研究一下事情是如何发生的，仔细考察一下。是的，很可能是彼得一开始只是在这个意义上着手进行改革的，亦即从眼前最实用的意义上，可是后来，彼得进一步发展了自己的思想，无疑顺从了某种隐秘的感觉，受到这种感觉的吸引，在其事业中致力于远比眼前的实用主义更宏伟的未来目标。俄国人民也是如此，绝不是仅仅出于实用主义才接受了改革，无疑是凭着感觉立刻预感到了某种比眼前的实用主义更高尚的长远目标——我再重复一遍，当然又是不自觉地，但却是直接地和完全实际地感觉到了这个目标。我们那时就要求实现最迫切的大联合，全人类的统一！我们不是敌对地（看来似乎应该是这样），而是友好地，怀着满腔的爱，接受了别的民族的天才，把它注进自己的灵魂，与此同时不分民族的优劣，几乎从迈出第一步开始就凭着本能消除矛盾，谅解和调和分歧，从而表明我们自己刚刚宣布的实现全人类大联合、团结大雅利安人种的一切民族的决心和愿望。对，俄国人的使命无疑是全欧性的和全世界性的。当一个真正的俄国人，当一个纯粹的俄国人，只是（最终，请注意这一点）意味着当所有人的兄弟，如果你愿意的话，当一个全人类的人。噢，斯拉夫主义和西欧主义的一切分歧只不过是一场大误会，尽管它在历史上有其必然性。对于真正的俄国人来说，欧洲和整个大雅利安种族的归宿就像俄国本身，就像自己祖国的归宿那么珍贵，因为我们的归宿也就是全世界性，但这不是用剑，而是用兄弟情谊的力量和我们对人类联合的和睦追求而获得的。假如诸位愿意认真研究一下我国在彼得改革以后的历史，你们就会在我国与欧洲各民族交往的性质中，甚至在我们国家的政策中发现这种想法的迹象，这种想法，如果你们愿意，也可称为我的幻想。在这两个世纪中，俄国在自己的政策中为欧洲效力，甚至也许超过为自己，此外还做了些什么呢？我并不认为这只是由于我们的政治家们的无能。噢，欧洲各国人民不了解他们对于我们来说是如何珍贵！我相信，以后，我们，当然不是我们，而是未来的俄国人，定会一致地懂得，当一个真正的俄国人，就意味着：竭力彻底调解欧洲的各种矛盾，用自己那颗全人类的能联合一切的俄国灵魂来为欧洲指出消除痛苦的途径，为它注入我们全体弟兄的弟兄之爱，最后，或许就是根据基督福音的教诲说出一句伟大的话语：一切民族的全面和谐，兄弟般的彻底谐调一致！我清楚，而且非常清楚，我的话可能让人觉得是太动感情、夸大其词和异想天开。即使是这样，我对说过的话也毫不反悔。必须把这些话说出来，尤其是现在，在我们纪念我们伟大诗人的时刻，就更加要说出来，因为他的艺术力量中所体现的正是这种思想。主要的，这可能让人觉得过于自信："我们这个贫穷而又笨拙的国家也会有这样的归宿吗？该由我们向人类说出这个新词吗？"那又如何，难道我指的是经济和科学的繁荣、剑的荣耀吗？我说的只是人们的兄弟情谊以及俄国的心灵在所有各族人民中更负有致力于全世界、全人类兄弟般大联合的使命，我在我国的历史中，在我们那些有才华的人身上，在普希金的艺术天才中看到了这种迹象。就算是我们国家贫穷，可是"基督以奴隶的形式祝福着，走遍了"[1]这个贫穷的国家。我们为什么不可以把他的话装入自己的灵魂呢？他岂不是已经降临了吗？我再重复一遍：我们至少可以举出普希金来，指出他的天才的全世界性和全人类性。他能够把别人的天才像自己的骨肉一样注入自己的灵魂。他至少是在艺术创作中表现出俄国精神所致力的全世界性，在这方面他是个伟大的指路明灯。如果说我们的想法只是一种幻想，那么这种幻想至少是有普希金为依据的。他所塑造的俄国灵魂的不朽的伟大形象，已经被我们的欧洲兄弟所理解，假如他活得长一些，或许会使他们比现在更贴近我们，或许他得以向他们讲清我们所

---

[1] 引自俄国诗人费·伊·丘特切夫的《这些贫穷的居民，……》（1855）一诗。

追求的全部真理，他们会比现在更好地理解我们，能够预测我们的未来，不再像现在这样不信任地和高傲地看待我们。假如普希金活得更长一些，我们内部的误会和争吵或许会比我们现在所看到的要少一些。可是上帝不是这么安排的。普希金死于精力最旺盛的年华，无疑是把某个大秘密带进了棺材。我们如今失去了他，正在自己揭开这个秘密。

文
景

社 科 新 知　文 艺 新 潮

Horizon

狱中家书

[俄]陀思妥耶夫斯基 著

刁绍华 译

出 品 人：姚映然

责任编辑：李　琬

营销编辑：杨　朗

装帧设计：蔡佳豪

美术编辑：安克晨

出　　品：北京世纪文景文化传播有限责任公司

　　　　　（北京朝阳区东土城路8号林达大厦A座4A　100013）

出版发行：上海人民出版社

印　　刷：山东临沂新华印刷物流集团有限责任公司

制　　版：北京百朗文化传播有限公司

开本：850×1168mm　1/32

印张：7.125　字数：103,000　插页：2

2024年1月第1版　2024年1月第1次印刷

定价：56.00元

ISBN：978-7-208-18476-3 / I · 2104

图书在版编目（CIP）数据

　狱中家书 /（俄罗斯）陀思妥耶夫斯基著；刁绍华
译. —— 上海：上海人民出版社，2023
　ISBN 978-7-208-18476-3

　Ⅰ. ①狱… Ⅱ. ①陀… ②刁… Ⅲ. ①书信集 – 俄罗
斯 – 近代②随笔 – 作品集 – 俄罗斯 – 近代 Ⅳ.
①I512.14

　中国国家版本馆CIP数据核字（2023）第165201号

本书如有印装错误，请致电本社更换　010-52187586

中文版译自

Полное собрание сочинений в тридцати томах

by Ф. М. Достоевский

(Наука, Leningrad, 1972—1990)